L'HOMME QUI VOULAIT ÊTRE AIMÉ

GEORGES KIEJMAN
VANESSA SCHNEIDER

L'HOMME QUI VOULAIT ÊTRE AIMÉ

BERNARD GRASSET
PARIS

Photo de la bande : Collection privée.

ISBN 978-2-246-82858-7

À Pauline, Camille et Gaspard

« Le temps d'apprendre à vivre,
il est déjà trop tard. »

Louis Aragon

Je suis un homme qui va mourir. Je regarde mes enfants, les enfants de mes enfants, et je constate qu'ils ne soupçonnent pas à quel point je suis déjà loin. Ils me parlent, je leur réponds, je leur souris, je plaisante et je cabotine. Ils ne devinent pas que je me suis absenté du monde. Ils ne voient pas combien parfois je suis triste, à quel point j'ai peur. J'étais fait pour la légèreté et j'enrage de ces années qui ne reviendront pas. Je me réfugie dans les livres et dans mes souvenirs. Je goûte l'arrivée du soleil, je m'émerveille du chant des oiseaux qui se posent sur les branches du pamplemoussier de mon balcon, je me réjouis d'un repas partagé avec une jolie femme. D'autres jours, je peine à sortir de mon lit, écrasé par une mélancolie sourde.

Vous penserez sans doute que j'exagère. Moi-même je n'aime guère les plaintes et les apitoiements. Je suis entouré d'une famille aimante, de livres et de fidèles. Je m'intéresse à la marche du monde et suis capable de colères, mon esprit reste alerte même si ma mémoire me fait parfois défaut. Je conserve des amies qui me donnent l'illusion que l'amour est encore possible, je reste prêt à m'enflammer. Ma passion pour les femmes est intacte et je caresse l'idée qu'elles m'apprécient encore un peu.

Mon corps me rappelle malheureusement ce que je ne suis plus. J'entends de plus en plus difficilement, mon cœur s'est lassé et je perds l'équilibre. J'enrage de ne plus pouvoir marcher d'un pas vif, arpenter les rues et dévorer le temps, respirer à pleins poumons, courir d'un rendez-vous à un autre et de bras en bras. J'essaye de me réjouir de la vue des arbustes sur ma terrasse dont les couleurs m'indiquent le changement des saisons. Parfois, j'ai l'impression que les oiseaux viennent pour moi. J'ai le pathos en horreur, et pourtant j'y succombe.

Dans cet appartement où j'ai vécu tant de choses, entouré de mes souvenirs, de mes lettres et de mes photos, je navigue entre le passé et le présent. Je me prépare au grand saut en affichant une sérénité de façade. Je comprends aujourd'hui ce que disait Simone de Beauvoir lorsqu'elle affirmait avoir été flouée. Elle ne remettait pas en cause le fait qu'elle avait eu une vie magnifique. Moi aussi, je peux me réjouir d'avoir vécu une vie magnifique. J'ai été, je pense, un avocat talentueux, peut-être l'un des plus doués de mon temps, j'ai été proche de grands hommes, de Pierre Mendès France à François Mitterrand. J'ai eu la chance inouïe de servir mon pays dans plusieurs gouvernements, j'ai rencontré des mentors généreux et des femmes délicieuses. Moi, le fils d'une mère analphabète, j'ai été le conseil du monde de l'édition et de celui du cinéma, l'ami de Simone Signoret et de François Truffaut. Françoise Giroud, l'impératrice de la presse, m'a fait l'immense surprise de s'intéresser à moi.

Malgré toutes les joies que j'ai pu connaître, je resterai jusqu'à la fin ce petit juif polonais né en France dans le drame et la misère. Un « petit chose », né sans culture qui a grandi avec peu de mots. Un autodidacte qui cache ses failles et ses manques derrière une fausse assurance et une morgue de surface. Les vingt années passées à sortir de ma condition, je n'ai jamais pu les rattraper. Un sentiment d'illégitimité me poursuivra jusqu'à la fin. Je suis un enfant du xxe siècle qui a grandi dans le fracas d'une époque particulièrement tragique. J'ai hérité d'une histoire triste. Je ne serais jamais devenu l'homme que j'ai été si ma mère avait su lire, si elle n'avait pas été si pauvre et si mon père n'avait pas été assassiné à Auschwitz en 1943.

Mes Origines

Il est des familles au sein desquelles rien n'est raconté. La mienne était ainsi. Je ne sais que très peu de choses sur mes parents. J'en suis réduit à faire des suppositions, à ravauder des souvenirs épars, à m'accrocher à des paroles entendues dont rien ne me prouve la véracité. Mes parents étaient juifs polonais. Ma mère, Brandla Czarneska, est née à Varsovie le 28 novembre 1895, elle prétendait par coquetterie être née en 1898. Mon père, Alter Kiejzman, est né en 1896 à Garwolin, une commune située à quelques kilomètres de Varsovie, ce qui permettait à ma mère de se donner des airs supérieurs : elle venait de la capitale et lui non. En réalité, ils étaient tous deux issus de familles très modestes. Mon père avait été marchand de pommes en Pologne avant de s'exiler. Ils sont arrivés en France en 1931 avec leurs deux filles, ma sœur Dwora, rebaptisée Luce, née en 1919, et Salomea, rebaptisée Liliane, née en 1921. Ma mère s'est fait appeler Berthe en France. J'imagine qu'ils fuyaient la pauvreté, mais aussi les persécutions contre les juifs. Ils avaient choisi la

France comme beaucoup d'immigrés d'Europe centrale, la patrie des Droits de l'homme aimantait alors les destins fragiles. Comme beaucoup d'immigrés, mes parents racontaient qu'ils étaient arrivés le 14 Juillet, accueillis par la fête et les chants, au milieu des musiciens et des Parisiens endimanchés dansant dans les rues.

J'ai été conçu à Paris et j'y suis né en août 1932. Mes parents avaient déjà eu un garçon, David, décédé prématurément à l'âge de dix-huit ans, ce qui les laissa meurtris à jamais. J'étais une sorte de fils de remplacement, sans doute aussi la dernière occasion de rapprochement physique entre mon père et ma mère.

Ma mère n'était pas très grande, bien proportionnée, dotée d'un joli visage, même si ses traits revêtaient une certaine dureté. Elle avait une beauté, une tenue qui contrastaient avec sa totale absence d'éducation. Je m'étonne toujours qu'elle ait pu à ce point être privée de tout enseignement. Il est aisé de comprendre qu'elle n'ait pas su lire en français, mais elle aurait pu avoir des rudiments dans les autres langues, le yiddish ou le polonais. Or elle ne comprenait pas comment fonctionnait la grammaire. Elle ignorait ce qu'étaient un sujet, un complément, un adverbe, ce qui donnait parfois lieu, dans la prononciation, à des choses étranges. Elle avait, comme beaucoup de juifs, du mal à prononcer le son « en », qu'elle prononçait « on ». Ainsi, comme elle entendait « il fait son blanc » plutôt qu'« il fait semblant », elle était convaincue que la notion de « blanc » renvoyait à la dissimulation. Et elle disait : « Avec mon fils, je fais mon blanc. »

Enfant, je me heurtais à son illettrisme. Tout ce qui fait que les parents ne rentrent pas dans un moule est une source d'inquiétude lorsque l'on est petit. Aujourd'hui encore, je me demande ce que furent les relations entre ma mère et les différents établissements scolaires que j'ai fréquentés. Je suppose que je signais moi-même mes cahiers et mes bulletins. Mes rares tentatives pour lui apprendre à lire, avec le jeu « Diamino », furent des échecs, elle n'avait aucune patience et moi pas davantage.

Mes sœurs sont arrivées à Paris à l'âge de dix et douze ans, je les ai toujours entendues parler un français d'une grande pureté. L'une a eu son certificat d'études, l'autre pas. Elles avaient une calligraphie et une orthographe étonnantes et elles parlaient sans accent. Devant moi, mes parents s'exprimaient dans un français assez approximatif mâtiné de mots yiddish. Quand ils ne voulaient pas que je comprenne, ils utilisaient le polonais. Pour les inquiéter, j'avais appris une phrase de polonais : « Je parle et je comprends le polonais. » En réalité, je ne savais rien dire d'autre. Un peu plus tard, quand mes parents se disputeront, il me semble qu'ils le feront en yiddish. J'ai gardé en mémoire une insulte tout à fait pittoresque, « alte stanik », qui signifie « vieux soutien-gorge ». Dans mon souvenir, mon père parlait assez bien, avec un léger accent. Il avait effectué, quelques années auparavant, un premier séjour en France, avec son fils David, pour repérer les lieux. Il existe une photo de lui, casquette vissée sur la tête, à côté de mon frère, les mains en porte-voix, devant une petite charrette à laquelle étaient accrochés des costumes présentés comme des vêtements de luxe. Cette image ne respire pas la prospérité et elle est très éloignée du père que j'ai connu, d'une grande élégance. Sans être cultivé ni véritablement instruit, il savait un peu lire et écrire.

Mes parents se sont séparés lorsque j'avais trois ou quatre ans. Dès lors, après avoir erré dans les appartements des autres, ma mère et moi nous sommes retrouvés dans la petite pièce d'un ancien hôtel de passe transformé en immeuble d'habitation, au 13 rue de la Présentation, dans le quartier de Belleville. Mes sœurs travaillaient déjà comme apprenties modistes ou vendeuses. Elles vivaient au Palais de la Femme rue de Charonne, qui était un foyer pour jeunes filles sans le sou, et elles nous rendaient fréquemment visite.

J'étais seul avec ma mère dans cette chambre de quelques mètres carrés, que nous retrouverions au lendemain de la guerre. Il y avait un évier dans un coin, une table en bois blanc, un lit pour une personne, un canapé minuscule que l'on dépliait le soir pour ma mère. Nous étions très pauvres. Je ne me plaignais pas pour autant car je n'avais pas de repères. Je trouvais normal, le dimanche soir, de boire un bol de café et de manger des sardines à l'huile. Ma mère ne travaillait pas. Je ne sais pas de quoi elle vivait, des trois sous que mon père lui donnait probablement. Elle ne savait rien faire, elle n'avait rien appris, un peu la cuisine, à peine des rudiments de couture. Ce qui me frappe, avec le recul, c'est à quel point elle était soucieuse de tout ce qui avait trait à la propreté. Elle était toujours impeccable, moi également, la chambre aussi évidemment. Au-delà de l'hygiène, elle avait une certaine coquetterie : sur les photos, ma mère est toujours chic.

C'était une tragédienne, elle laissait planer le doute sur le fait que l'on mangerait ou pas le lendemain. Elle était sans cesse dans une forme de revendication, de victimisation, à vrai dire justifiée, mais difficile à supporter pour ses proches : elle avait perdu un grand fils, mais également une petite fille en bas âge en Pologne, puis mon père l'avait abandonnée. Grâce à elle, je n'ai jamais souffert de la faim. J'avais des jouets, je n'ai été privé de rien, alors qu'elle n'avait pas d'argent. Je me rappelle avoir été choqué lorsqu'un camarade était chez nous, et qu'elle m'attirait en catimini dans le petit coin cuisine pour me faire boire, seul, du jus d'orange et manger quelques rondelles de banane. Je l'ai raconté plus tard à Françoise Giroud, qui ne comprenait pas que je puisse reprocher cela à ma mère, alors que ça devait être un tel effort pour elle de se procurer un jus d'orange et des rondelles de banane. Elle ne voulait pas que je partage avec quiconque. Je n'ai jamais eu faim, mais il m'est arrivé d'avoir froid. Je me souviens de retours d'école grelottant. Ma mère me déshabillait et me frictionnait vigoureusement à l'eau de Cologne pour me réchauffer avant de me glisser nu sous les draps.

À part ce contact physique, je n'ai pas le souvenir d'avoir été dans ses bras. Je vivais à côté de ma mère, mais pas avec ma mère, on ne se parlait pas. Elle n'était ni tactile, ni affectueuse, je ne l'embrassais jamais, elle ne m'embrassait pas non plus. Il n'y avait que la promiscuité des lieux pour nous lier. Pourtant, elle se serait tuée pour moi, qui trouvais tout naturel de mettre les pieds sous la table et d'avoir à manger. Je n'arrive pas à savoir si j'étais heureux ou pas, avant la guerre. Je n'en suis pas sûr. J'ai très peu d'images de cette période. Deux ou trois fois, on a essayé de me mettre dans des colonies de vacances, mais je tombais malade aussitôt, il fallait me rapatrier.

Belleville n'était pas le Belleville d'aujourd'hui. Il y avait encore un écrivain public dans une petite baraque en bois bleu qui écrivait des lettres pour les gens. Ma mère était allée le voir pour adresser un courrier au mari de la maîtresse de mon père, lui disant qu'elle savait qu'il était un brave homme et lui demandant d'intervenir pour que mon père revienne à elle, ce qui n'avait, évidemment, eu aucun effet. Quand je sortais de l'école maternelle du boulevard de Belleville, des graffitis s'affichaient sur les murs : « Les juifs en Palestine ». Je ne comprenais pas de quoi il s'agissait. Je n'ai pas beaucoup de souvenirs heureux, si bien que je n'ai presque pas de souvenirs.

Mon père

Mon père était l'opposé de ma mère en tout : il possédait un minimum de culture, il était grand, d'une belle prestance physique, léger et ironique. Mes sœurs et moi le considérions comme un demi-dieu. Pour un immigré de fraîche date, il avait pris très vite des allures chic qui rendaient les femmes folles. Il portait des pardessus droits, des chapeaux à tour gansé, des parapluies roulés dits Chamberlain. Je n'ai jamais vraiment su ce que faisait mon père, il restait mystérieux sur la façon dont il gagnait sa vie. Il jouait aux courses et travaillait vaguement pour une sorte de cabinet d'enquêteurs comme on en voit dans le film de François Truffaut, *Baisers volés*.

Il a quitté ma mère, une femme triste qui avait toutes les raisons de l'être. C'était totalement injuste, mais c'était lui que, mes sœurs et moi, nous aimions pourtant. Je le percevais comme un recours, je souhaitais ardemment vivre avec lui car tout semblait plus joyeux. Lorsque je pleurais et que mes larmes laissaient des traces sales sur mes joues, j'aurais voulu qu'elles demeurent jusqu'à sa visite pour qu'il puisse s'en prendre à ma mère et m'emmener avec lui. J'ai longtemps rêvé d'écrire un livre qui commencerait par cette phrase : « Lorsque j'eus cinq ans, mon père et moi décidâmes de quitter ma mère. » J'aurais voulu qu'il m'arrache à la chambre de ma mère. La sienne n'était pas plus grande, elle me semblait pourtant d'un luxe inouï.

À cette époque, je menais une sorte de double vie. Quand mon père venait me chercher, il m'emmenait à Saint-Germain-des-Prés, rue Mazarine, dans un petit hôtel tenu par une vieille dame qui avait une fille, Louise. Elle avait une trentaine d'années et était mariée à un monsieur plus âgé, malade et très indulgent. Louise était la dame aimée de mon père. Elle avait tout ce que ma mère n'avait pas : elle était élégante, parfumée, elle faisait des choses que ma mère ne faisait jamais comme me prendre sur ses genoux, m'embrasser. J'avais le nez perdu entre ses deux seins tramés de poudre de riz, je sentais sous mes fesses les attaches de ses porte-jarretelles. Ma carrière de fétichiste élémentaire est née là. C'est l'un de mes points communs avec François Truffaut. De temps en temps, on m'emmenait dans un manoir qui appartenait au mari de cette dame. Pour l'enfant que j'étais, passer de la pièce unique où je vivais avec ma mère à ce château dans son parc ne faisait guère de différence. L'époux de Louise, souvent souffrant et alité, me laissait cacher mes albums dans le sommier de son lit. J'appelais ça ma « bilbothèque ». Ces quelques souvenirs flous avec mon père ont été suffisants pour construire une dévotion et une admiration sans bornes à son égard. Mon amour des femmes, mon besoin désespéré des femmes est le seul héritage qu'il me laissera après sa mort dans les chambres à gaz d'Auschwitz.

La guerre

La guerre bouleverse tout, les vies, les destins, les trajectoires, la géographie. Elle brise les familles, tord le temps, transforme les individus, fragmente les sociétés, abîme et façonne les âmes à jamais. J'avais sept ans lorsque la Seconde Guerre mondiale a éclaté et je n'ai aucun souvenir de la manière dont je l'ai appris. J'imagine que je devais considérer cet événement comme un autre dans cette famille pauvre qui avait déjà connu tant d'épreuves. À la fin de l'année 1939, mon père s'est engagé dans l'armée française, par pur patriotisme, alors qu'on ne lui demandait rien et qu'il n'était plus si jeune. C'est incroyable quand on y pense, un juif polonais qui choisit de se battre pour un pays qui n'est le sien que depuis une poignée d'années ! Mais c'est typique de ces immigrés qui voulaient rendre à la France ce qu'elle leur avait donné, même si, dans notre cas, elle ne nous avait pas donné grand-chose.

Après quelques mois de drôle de guerre, à l'approche des Allemands, le gouvernement français a décidé que les familles de militaires devaient être exfiltrées en train. Nous nous sommes ainsi retrouvés, ma mère, mes deux sœurs et moi, dans le Berry, au sein d'un hameau qui s'appelait Drulon, près de Loye-sur-Arnon. Le choix du Berry s'était fait sur décision administrative. On nous avait donné des masques à gaz et on nous avait envoyés là sans plus d'explications. Je ne me souviens pas de m'être inquiété, d'avoir eu peur, ou peut-être ai-je préféré l'oublier. Nous avons d'abord atterri dans une grange d'un inconfort total, où nous dormions sur la paille avant d'être logés dans une petite maison sans eau ni électricité. Quelques mois plus tard, mon père a été démobilisé à cause de son âge et d'une maladie dont il souffrait.

Il nous fait alors parvenir dans le Berry des sauf-conduits pour nous rendre à Paris où les Allemands avaient fait leur entrée. Ma mère n'hésite pas un instant, vend nos trois meubles de bois blanc et nous partons vers Paris. Ces voyages prenaient un temps fou. Sur les routes puis par le train avec nos paquetages, la France était un vaste embouteillage de familles déboussolées qui erraient en tous sens, emportant ce qu'elles pouvaient. À Vierzon, un officier allemand arrête notre progression, examine nos sauf-conduits et affirme à mes sœurs qu'ils ne sont plus valables et qu'on ne peut donc pas poursuivre vers Paris. Mes sœurs tentent de parlementer. L'officier allemand, impeccablement sanglé dans son uniforme, se montre intraitable et nous sommes contraints de faire demi-tour. Depuis cet incident, comme Vercors dans *Le Silence de la mer*, une interrogation ne cesse de me hanter : est-ce que cet officier, si élégant, trouvait vraiment un défaut administratif à nos sauf-conduits, ou savait-il que nous allions nous jeter dans la gueule du loup et a-t-il voulu nous en empêcher ? J'ai une préférence pour la seconde explication, plus romanesque : j'ai envie de croire que ce soldat allemand a voulu nous sauver la vie.

J'ai des images très précises de mes années dans le Berry. Après la grange, notre quotidien s'est un peu amélioré en emménageant dans cette toute petite maison de Loye-sur-Arnon. La France traversait une grande période de confusion avec l'exode, la défaite de l'armée française, les zones libre et occupée, les déplacements désordonnés de populations. J'étais un jeune enfant à ce moment-là et je suppose que je vivais tout cela comme des vacances à la campagne. Mon père, n'ayant pas pu nous faire revenir, est venu nous rejoindre au village. J'ai toujours une photo de lui sur laquelle il est habillé en paysan, le poids du corps appuyé sur une bêche dans un champ. Il est ensuite parti pour Toulouse.

Nous accueillions parfois à cet endroit situé au centre de la France, à la confluence de tous les flux de déplacés, des cousins et des cousines, des membres plus ou moins éloignés de la famille qui faisaient étape avant de repartir vers d'autres destinations. Je me demande aujourd'hui comment ils ont pu traverser la ligne de démarcation. Pour les paysans berrichons qui nous observaient, nous étions exotiques. Je ne sais pas comment nous vivions, nous dormions entassés les uns sur les autres, on se nourrissait de produits locaux...

À un moment, mon père est venu me chercher et je me suis retrouvé à Toulouse puis à Colomiers en Haute-Garonne, où il avait loué une petite maison confortable. J'y suis resté quelques mois, suffisamment pour y être enfant de chœur. J'y ai également connu mes premiers émois amoureux avec une certaine Isabelle à laquelle j'avais écrit ce poème : « Créature douce et belle, tes yeux langoureux t'attirent bien des amoureux. » À huit ans, j'étais déjà plein d'audace.

La belle Louise, la maîtresse de mon père, celle qui sentait si bon, nous a rejoints et l'a persuadé qu'il fallait me conduire dans un collège de jésuites, à Gimont, dans le Gers. C'est la première fois que j'étais seul et je me suis senti abandonné dans ces dortoirs immenses où les prêtres étaient très sévères. Je n'y suis pas resté longtemps, quelques mois tout au plus, mais suffisamment pour me permettre de dire que je suis « un ancien élève de jésuites ». J'y étais inscrit sous mon propre nom de famille qui comportait encore un « z » au milieu. Il me semble fou aujourd'hui que personne n'ait songé à me donner un faux nom. Mon père se rendait-il vraiment compte du danger que nous courions ? Je n'en suis pas sûr.

Le mercredi ou le vendredi, les élèves choisissaient leur confesseur, et moi, je me taisais car je ne me confessais pas. Pourtant, les prêtres m'autorisaient à servir la messe, si bien que je peux encore réciter le Notre Père et le Je vous salue Marie.

Ma sœur Luce venait de temps en temps me rendre visite le dimanche et m'emmenait déjeuner d'un pigeon aux petits pois, la spécialité de Gimont. Elle était très affectueuse avec moi, attentionnée de mille manières, je la considérais comme ma véritable éducatrice. Elle a quitté le nid familial pour une histoire d'adolescente, elle était amoureuse d'un certain Régis, qu'elle a rejoint à Toulon. Nous n'avons plus eu de nouvelles d'elle quelque temps puis elle s'est manifestée à nouveau. Elle détenait une fausse carte d'identité et exerçait comme vendeuse dans une librairie à Marseille. Elle a traversé la guerre sans encombre. Comme dans *Le Roman d'un tricheur* de Sacha Guitry, celle qui a désobéi a sauvé sa vie et celle qui est restée sagement aux côtés de son père, Liliane, a été déportée. Vers fin 1941 début 1942, soit que mon père ne sache pas quoi faire de moi, soit que ma mère me réclame à cor et à cri, mon père me raccompagne en train dans le Berry et me laisse à nouveau à ma mère, dans cette petite maison de Loye-sur-Arnon.

Avec la même facilité qui m'avait fait devenir enfant de chœur, je me suis transformé en petit paysan berrichon. J'allais chercher l'eau au puits, la cuisinière assurait le chauffage et l'on n'utilisait qu'une des deux pièces pour ne pas avoir froid. Nous étions plus pauvres que les paysans du coin qui, eux-mêmes, n'avaient pas une vie luxueuse. Le fermier d'à côté devait avoir l'électricité car il possédait un poste de radio. Au village, il y avait un buraliste, qui vendait à la fois des cigarettes et des denrées alimentaires. Le charcutier passait de temps en temps avec une carriole. Cette vie rudimentaire était difficile pour ma mère. Elle était obligée de négocier avec les fermiers pour me vêtir ; une chemise par-ci, un pantalon par-là. Elle les échangeait contre des tickets de tabac.

Nous étions dans un inconfort total, mais, étrangement, je n'en souffrais pas. L'extrême pauvreté me pèsera davantage à l'adolescence. J'ai toujours été protégé par une série de bienfaiteurs. J'ai rencontré le premier à l'école du village, il s'appelait Maurice Renon. Lui et sa femme étaient les deux instituteurs de Loye-sur-Arnon. À l'époque, on ne faisait pas le distinguo subtil entre enseignement et éducation, savoir et bonnes manières, l'instituteur s'occupait de tout. Quand je suis arrivé, le premier de la classe était son fils, Jackie Renon. Ensuite, le premier de la classe, c'était moi. C'est toute la grandeur de l'école républicaine. Ce maître, une sorte de paysan-instituteur, secrétaire de mairie, qui n'était pas très sophistiqué, m'a porté, poussé, sans préférence pour son propre fils.

À Loye-sur-Arnon, il n'y avait pas de bibliothèque. À l'école, pas de livres. Dans le grenier du tout petit bistrot tenu par Mme Digonin, en revanche, il y avait une caisse de livres pour adultes, *Le Charcutier de Machonville* ou *Nach Paris*, un livre écrit par un Suisse allemand, Louis Dumur, et qui décrit la guerre de 14-18 du point de vue de l'armée allemande. Elle me laissait y fouiller et je me suis ainsi nourri de ces lectures éparses.

À l'automne 1943, j'ai passé un examen qui devait me permettre de rentrer en sixième au collège de Saint-Amand-Montrond. Pour cela, il fallait être admis à l'internat où une seule place était disponible. Les droits familiaux ont resurgi et le petit Jackie l'a obtenue. Deux mois plus tard, lorsqu'une seconde place s'est libérée, on me l'a proposée. C'est à M. Renon que je dois d'avoir accédé au collège : ma mère aurait été incapable de s'occuper de ce genre de choses.

Là-bas, j'ai rencontré un deuxième homme bienveillant, le principal Louis Galas qui m'a pris sous son aile. J'ai espéré plus tard qu'il reçoive le titre de « Juste parmi les nations » pour m'avoir protégé en tant que juif, mais cela ne s'est malheureusement pas fait. Les lois discriminatoires envers les juifs m'interdisaient de passer le concours des bourses. Nous vivions de presque rien, ma mère recevait probablement 3 francs 6 sous d'allocations familiales et elle travaillait comme paysanne. Pour 5 francs de l'époque, je conduisais l'âne et la charrette qui allaient chercher de l'eau à la rivière destinée à alimenter la locomobile de la batteuse. Cela donnait l'occasion aux paysans de me faire boire de l'alcool, ce qui les faisait énormément rire.

Au début de l'année 1943, j'ai cessé d'avoir des nouvelles de mon père. Plus tard, le petit ami de ma sœur Liliane nous a fait parvenir une caisse d'effets lui appartenant. Il nous a appris que Liliane avait été arrêtée près de Toulouse. Il nous a également dit que mon père avait été pris quelques jours plus tard, près de Lourdes. Avec ses habits, se trouve également sa vieille bicyclette dont j'hérite. Aujourd'hui encore, je déteste le vélo.

À Loye-sur-Arnon, nous passons beaucoup de temps sans être inquiétés. On ne voit pas d'Allemands, la vie est plutôt paisible. Deux gendarmes viennent de temps en temps, du chef-lieu de canton. Ils m'agacent un peu car manifestement ma mère leur plaît, ils lui tournent autour. Ma mère détonne dans ce village. Elle n'est pas du tout provocante, ce n'est pas son genre, mais elle a une certaine allure. Un jour, les deux gendarmes lui dressent un procès-verbal au motif qu'elle n'a pas fait de déclaration de judéité, ce qui devrait la priver de ses tickets d'alimentation. Ma mère n'en parle pas, mais elle a compris qu'il ne fait pas bon être juif. S'il n'y a pas de journaux au village, les nouvelles nous parviennent malgré tout. Il nous arrive d'être invités par le paysan d'à côté pour écouter sa radio.

Le procès-verbal suit son cours et aboutit à une convocation au tribunal de Saint-Amand-Montrond. Nous arrivons à Saint-Amand en carriole, je nous revois sur la place principale manger du lapin froid que ma mère a apporté. Ce qui se passe alors est assez abstrait pour moi. Je sais que ma mère est convoquée, mais je ne comprends pas bien pourquoi. Elle se contente de me dire : « Si on m'arrête, tu cours. » Je ne me rends pas compte du danger, je pense qu'elle exagère, comme elle en a l'habitude. Au tribunal, on l'appelle, elle s'avance devant trois juges qui lui reprochent de n'avoir pas fait sa déclaration de judéité. Elle n'a visiblement pas l'intention de se laisser faire et très courageusement, se lance dans des dénégations. Elle baragouine : « Moi, pas juive, grande famille polonaise. » La seule faute qu'elle commet est d'ajouter : « Ma mari, libre-penseur », elle voulait certainement souligner l'attachement de mon père aux valeurs de la République française, mais cette expression évoquait la franc-maçonnerie à l'époque, ce qui aurait pu lui causer des soucis supplémentaires. Les juges n'y prêtent apparemment pas attention, ils se parlent à l'oreille, c'est ce que l'on appelle en droit un délibéré sur le siège. Attendu que le délit n'est pas établi, ils décident la relaxe. Soulagée, ma mère me récupère au fond de la salle et nous repartons. Notre sort s'est joué sur son émotion.

Nous n'avons jamais porté l'étoile jaune, ni elle ni moi. Je me plais à imaginer que ce jour-là, les messieurs du tribunal ont voulu nous sauver la vie en nous évitant d'être inscrits et recensés comme juifs. En tout cas, nous avons eu beaucoup de chance et celle-ci ne nous a pas lâchés.

Plus tard, en juillet 1944, il y a eu une rafle terrible à Saint-Amand-Montrond, où beaucoup des juifs arrêtés ont fini jetés dans les puits de Guerry. Ma mère m'a sauvé une seconde fois en me rapatriant fin juin, avant la fin de l'année scolaire, du collège de Saint-Amand vers Loye-sur-Arnon. Le débarquement des alliés en Normandie avait eu lieu, les Allemands fuyaient, mais elle avait eu vent que quelque chose se tramait. Elle m'a fait revenir dans la petite remorque du facteur. Je venais d'avoir les félicitations du conseil de classe de l'établissement dirigé par Louis Galas, que ma mère approvisionnait en cigarettes. La rafle a eu lieu quelques jours plus tard, début juillet. Il y avait un autre juif, en classe de seconde, un gosse de seize ans, Marcel Walewick, qui a été pris et jeté avec d'autres dans le puits. J'ai découvert plus tard la monstruosité des crimes auxquels j'avais échappé. Je considère aujourd'hui encore qu'on n'a pas été assez sévère avec la milice qui a commis ces ignominies.

Je suis resté avec ma mère à Loye-sur-Arnon jusqu'à la Libération dont je n'ai aucun souvenir, tant il n'a rien dû se passer au village. Ce qui me préoccupait, c'était surtout l'absence de nouvelles de mon père et de ma sœur. Chaque fois que je voyais une étoile filante, je faisais un vœu pour qu'ils reviennent. On ne retrouvera ma sœur Liliane qu'en mai 1945, à sa libération, et j'ai continué longtemps d'espérer pour mon père : il était plus solide qu'elle et il n'y avait pas de raison qu'il ne revienne pas. Ma sœur aînée a loué une maison près de Saint-Amand où ma mère est venue habiter avec elle pendant que je retournais à l'internat pour la classe de quatrième. Entre-temps, j'ai appris que mon père était mort.

Mon père et ma sœur Liliane ont été déportés à Auschwitz-Birkenau. Ma sœur y a survécu deux ans. Mon père, lui, a été tué dès son arrivée au camp, en mars 1943. Il fait partie de ces juifs qui, fatigués, ont grimpé dans un camion en pensant pouvoir se reposer, alors qu'on les conduisait directement à la chambre à gaz.

Je n'ai jamais oublié mon père. Il ne se passe pas une journée sans que son souvenir ne m'accompagne.

Belleville

Un rêve me poursuit depuis soixante ans. Je suis dans une rue de Paris, je cherche un taxi. Je suis nerveux, je m'angoisse, je m'agite. Quand je parviens enfin à héler une voiture et à m'y installer, au lieu de me rendre au rendez-vous qui m'attend, professionnel, amical ou amoureux, je finis toujours par remonter à Belleville voir ma mère en maugréant. Il m'arrive encore de faire ce rêve aujourd'hui. Il dénote une culpabilité qui ne me quitte pas, une ambivalence des sentiments que j'éprouve à son égard, entre agacement profond et reconnaissance sincère.

Un an après la guerre, en 1946, ma mère a décidé de quitter le Berry pour regagner Paris. Je suis resté seul là-bas jusqu'à la fin de ma classe de seconde, c'est-à-dire à l'été 1948. Elle n'a jamais fait le voyage pour revenir me voir, de sorte que j'ai vécu plus de deux ans sans père, puisqu'il avait été assassiné, ni mère, qui avait dû estimer que je serais mieux en pension avec de bons professeurs plutôt que d'affronter avec elle les ruines de l'après-guerre.

Les week-ends, je les passais au collège d'où je sortais parfois pour aller en ville le dimanche après-midi avec un de mes copains de classe, Toto Desson, le fils du garagiste qui avait la chance d'être externe. Grâce à ma haute taille et à des aptitudes sportives évidentes, j'ai été recruté par l'équipe de basket des Postes, l'ASPTT Saint-Amand-Montrond. J'en garde d'excellents souvenirs, on ne vantera jamais assez le mérite du sport dans l'intégration des populations. Personne ne pouvait s'imaginer que j'étais pauvre car j'étais vêtu comme un gosse de riche : ma sœur Luce m'avait laissé sa veste canadienne et elle m'envoyait des pyjamas en soie. J'étais un petit garçon triste et épanoui à la fois. En cinquième, j'ai décidé que je ne ferais plus de latin, sans doute parce que j'avais eu une mauvaise note, mais surtout parce que, en cinquième dite « moderne », il y avait des filles externes qui venaient, ce qui n'était pas le cas dans les classes classiques. J'ai découvert avec éblouissement Arlette Dezelot, Colette Pèche, Micheline Fada, Lulu Chiaroni qui deviendra Lucie Dolène, une chanteuse d'opérette à succès. J'ai également rencontré un nouveau protecteur, un professeur de français, M. Tournade, qui lançait à ma voisine adorée : « Mademoiselle Fada, n'écoutez pas la voix du démon, venez vous asseoir au premier rang. »

J'étais un très bon élève en français. J'ai été remarqué en cinquième avec une dissertation dont le thème était : « Décrivez votre jardin en hiver ». Elle commençait par « Les rosiers n'ont plus que leurs épines et les pensées se sont envolées » et se terminait par « rageur mais impuissant, j'ai fui devant l'hiver ». J'étais également fort en histoire et j'ai été nommé bibliothécaire du collège. Dans les autres matières, j'étais moyen. Mon professeur de physique me tapait sur la tête avec un mètre en bois et me lançait : « Quand on s'appelle Kiejman, on n'a pas le droit d'être paresseux. » Je le prenais bien, je ne le percevais pas comme une réflexion antisémite.

Je me rendais à Paris pour les grandes vacances où je retrouvais ma mère dans notre chambre d'avant guerre. Le principal du collège me donnait parfois rendez-vous à Paris et nous allions ensemble chez Gibert acheter des ouvrages de la collection Nelson ou de la Bibliothèque verte. Un jour – je devais être en troisième – il m'a offert une place pour le théâtre de l'Athénée. Je suis allé voir *L'École des femmes* avec Louis Jouvet dans le rôle d'Arnolphe, Dominique Blanchard dans le rôle d'Agnès, Jean-Louis Richard – que je rencontrerais plus tard, avec Jeanne Moreau – dans le rôle du jeune homme. La pièce se déroulait dans un décor sublime de Christian Bérard, avec un mur fermé en V donnant sur une place et qui s'ouvrait magiquement afin que l'on puisse voir ce qu'il y avait à l'intérieur de la maison, le jardin était éclairé par des lustres en bois tombant du ciel. Je m'en souviens comme d'un émerveillement total. Après le spectacle, je suis rentré dans la petite chambre de ma mère, littéralement ébloui.

À la fin de la seconde, j'ai commencé à me lasser du Berry, je m'imaginais que je serais mieux à Paris.

À la longue, j'en avais un peu assez d'être seul, exilé à Saint-Amand. À l'infirmerie, j'ai commis une bêtise : j'ai mangé une boîte entière de biscuits caséinés, et je me disais que ça allait se savoir. Il était temps que je parte.

L'été de mes seize ans, je me suis donc retrouvé à nouveau confiné avec ma mère dans ces quelques mètres carrés de Belleville, me débarbouillant dans l'évier, allant aux toilettes sur le palier, me rendant aux bains publics rue Jules-Verne le samedi matin pour prendre une douche.

J'étais inscrit au lycée Voltaire où j'étais toujours aussi bon en français et en histoire, correct dans les autres matières. Je continuais à faire du sport, mais je n'avais pas de culture. Je me souviens avoir eu deux exposés à rédiger : l'un sur Proust et l'autre sur Gide. Je n'avais bien entendu rien lu d'eux alors je suis allé à la bibliothèque lire les biographies de Léon Pierre-Quint. Je m'en suis plutôt bien sorti. Cette anecdote illustre la fragilité de mon savoir et ce sentiment d'imposture qui ne m'a jamais quitté. Je brille souvent sur des sujets que je ne connais pas en profondeur et je le sais. Beaucoup plus tard, lorsque j'aurai l'ambition folle et inassouvie de devenir ministre de la Culture, je passerai des nuits entières à réviser les grands compositeurs et les opéras qu'ils ont écrits de crainte d'être pris en défaut, en confondant Verdi et Puccini par exemple. Je suis l'autodidacte parfait : mes connaissances sont remplies de trous profonds.

À Voltaire, j'ai fait la connaissance de Raymond Hochman, surnommé Melchior, qui était très beau, un grand type nonchalant au teint mat. Ses parents étaient artisans, des petits-bourgeois qui habitaient rue des Pyrénées. Nous marchions ensemble le long du boulevard de Ménilmontant pour rentrer, lui au nord de Belleville et moi au sud. Il était abonné à un club de lecture et c'est grâce à lui que je lirai *Gatsby le Magnifique* et bien d'autres romans. Plus tard, ses parents se saigneront aux quatre veines pour lui offrir, à lui et son frère, un petit avion de tourisme avec lequel ils se tueront. Il fut mon premier ami.

Avec ma mère, nos relations se résument à une cohabitation pacifique, avec quelques incidents sans lendemain. J'avais l'âge de prendre conscience de toutes ses difficultés. Elle se débrouillait comme elle pouvait, se livrait à mille petits trafics qui, parfois, me couvraient de honte. Elle vendait des stylos Parker, des bas de soie 15 deniers, les chutes de tissus qui tombaient chez des confectionneurs vaguement apparentés à la famille qui les lui réservaient. M. Yedvab, le chiffonnier couvert de psoriasis à qui ma mère faisait son déjeuner dans notre chambre, l'aidait à les vendre chez des chiffonniers en gros. Elle recevait quelques sous de ce demi-pensionnaire ainsi qu'une petite pension du gouvernement allemand. J'ai dû me charger de remplir les papiers afin qu'elle puisse l'obtenir. Je me souviens d'un entretien très sec et désagréable au consulat d'Allemagne dans le cadre de ces démarches. J'étais assez provocateur et l'un des fonctionnaires m'avait envoyé sur les roses. J'aurais pu moi aussi obtenir une pension puisque mon père avait été assassiné à Auschwitz, mais je m'y suis refusé. Je ne voulais pas d'argent des Allemands. Quand je partirais vivre dans ma propre chambre de bonne, je continuerais à aller voir ma mère une fois par semaine. Elle restera dans cette chambre de Belleville jusqu'à mon premier mariage, en 1954.

Être juif

Je ne me rappelle pas avoir appris que j'étais juif. Mes parents n'étaient pas pratiquants. Ma mère avait une forme de superstition, elle se frappait la poitrine, elle possédait un petit livre de prières qu'elle ne savait pas lire et qu'elle ouvrait un peu au hasard. Après la guerre, elle fréquenta la synagogue pour les fêtes. Mon père était beaucoup plus distant par rapport à tout cela, si bien que je n'ai reçu aucune éducation religieuse, si ce n'est celle des jésuites. Dans le Berry, j'ai découvert avec les petits garçons berrichons que mon sexe ne ressemblait pas à celui des autres, mais cela restait très flou pour moi.

Je me suis senti juif à cause la guerre et, même là, « juif » se confondait dans mon esprit avec « étranger ». Personne ne m'a rien expliqué : ma pauvre mère ne pouvait pas tenir un quelconque raisonnement et mon père a disparu trop tôt. Pendant la guerre, le jugement de ma mère par le tribunal puis l'arrestation de mon père et de ma sœur, m'ont fait comprendre que nous n'étions pas considérés comme les autres. Il est impossible pour un enfant de rationaliser cela et d'admettre que l'on a prétendu enlever aux juifs leurs qualités d'êtres humains, comme je me le formulerai plus tard.

À titre personnel, je n'ai pas été agressé en tant que juif. Je ne me souviens pas avoir été insulté enfant. À Loye-sur-Arnon, on ne me faisait pas sentir que j'étais un petit juif, plutôt un « Parigot tête de veau, Parisien tête de chien ». Seul le châtelain était assez stupide pour demander au curé de ne pas m'employer comme enfant de chœur car je n'étais pas baptisé. En sixième, il y avait aussi un garçon idiot à l'internat qui faisait des allusions à mon nom, mais ça ne me touchait pas outre mesure. Je l'étais davantage par le fait d'être, si jeune, isolé et loin de la maison de ma mère. Je me suis perçu plus tard comme juif et étranger puisque j'ai éprouvé le besoin de faire supprimer le « z » au milieu de mon nom lorsque j'ai commencé à travailler, tout en étant parfaitement conscient que Kiejman restait un nom juif. Il s'agissait de se franciser sans se renier. À l'époque, les juifs ne se considéraient pas tout à fait légitimes dans les différents milieux professionnels, y compris au sein de la justice.

Je suis profondément laïc – je ne vais jamais à la synagogue, je ne respecte aucune règle –, mais je suis viscéralement juif. Comme la plupart des juifs, je me sens condamné à une solidarité totale et perpétuelle. Sur le livre d'or d'Auschwitz, j'ai écrit il y a de nombreuses années : « Pardon d'avoir survécu ».

Il paraît que je ne suis pas le seul à avoir utilisé ces mots. Je ne pourrai jamais oublier que je dois la vie à une succession de hasards. Que se serait-il passé si mon père ne m'avait pas ramené dans le Berry auprès de ma mère ? J'aurais été avec ma sœur dans une maison qu'il avait louée et dont il s'était absenté. Faute de l'avoir trouvé lui, ils ont arrêté ma sœur et ils m'auraient ramassé aussi puisqu'ils ont pris des enfants de mon âge. Bien entendu, j'aurais été assassiné dès mon arrivée à Auschwitz, car je ne représentais aucune force de travail.

On a gazé des bébés à Auschwitz. La Shoah est le désastre le plus inimaginable de la pensée humaine. Comment un peuple aussi cultivé que le peuple allemand a-t-il pu accepter – car quoi qu'on dise, il l'a, dans ses grandes profondeurs, accepté – ce massacre, qui n'a pas seulement commencé avec les chambres à gaz mais avec ces milliers de juifs en Pologne que l'on jetait dans des fosses, et que l'on tuait ? Il y a eu des jeunes Allemands, fils de pasteurs protestants, sur le front de l'Est, qui trouvaient tout naturel de creuser des trous et de mitrailler des gens au bord pour qu'ils tombent à l'intérieur. C'est pour cela qu'aujourd'hui encore, les Allemands restent pour moi des Allemands même si je sais qu'ils ne sont pas nazis.

Qu'est-ce qui fait que je me considère comme juif ? Je réponds ainsi lorsqu'on me pose la question : « Celui qui est assez fou pour croire qu'il est juif, c'est qu'il l'est. » La formule n'est pas de moi, mais je l'ai faite mienne. Je m'épargne les fêtes commémoratives, non par insensibilité comme certains ont pu le croire, mais au contraire par une trop grande émotivité. Lorsque j'ai visité Yad Vashem en Israël, le monument érigé en hommage aux victimes de la Shoah, je me suis transformé en fontaine de larmes devant ma fille Pauline. Il m'est arrivé à plusieurs reprises de me retrouver brisé d'émotion dans ce genre de circonstances, alors que j'ai plutôt tendance à jouer les fier-à-bras. Je n'ai jamais pu interroger ma sœur Liliane sur ce qu'elle avait vécu dans les camps. Elle pensait que personne ne pouvait comprendre l'horreur qu'elle avait traversée et elle avait probablement raison. Il est vrai que pendant longtemps, les gens n'avaient pas envie d'entendre et elle ne souhaitait pas en parler. Le travail de Serge Klarsfeld a eu le mérite de libérer la parole. Liliane a, plus tard, entrepris le récit de ses mémoires, qui est enregistré quelque part, mais que je n'ai jamais écouté. Aujourd'hui qu'elle est morte, je regrette de ne pas lui avoir posé certaines questions. J'ignore, par exemple, si elle a été arrêtée par la police française ou par les Allemands. Au fond, j'ai fui toutes les occasions d'être confronté à une émotion profonde sur ce sujet.

Je ne me sens pas croyant. Je dirais même que, pour moi, la Shoah est la négation de Dieu. Quand des catholiques m'expliquent que Dieu met à l'épreuve, je réponds : « Qu'est-ce que signifie mettre à l'épreuve un enfant dans une chambre à gaz ? À quoi sert Dieu ? »

« Père, pourquoi nous as-tu abandonnés... » Ça a toujours été une interrogation très mystérieuse. Je me sens juif néanmoins, mais par pure solidarité vis-à-vis de mon père : il ne sera pas dit que les gens qui l'ont tué ont fait qu'il n'existera plus jamais. Il existe encore en la personne de son fils. Et il continuera à exister à travers mes petits-enfants, dont l'un porte son prénom, Alter.

Je serai toujours du côté des juifs. La création d'Israël a été une divine surprise, même si je n'ai jamais eu l'envie de m'y installer. Je trouvais merveilleux qu'il existe un pays où les juifs puissent se réfugier. De même que j'ai toujours estimé formidable qu'Israël possède une armée qui était à elle seule la négation de l'idée de la prétendue couardise des juifs, comme de leur soi-disant incapacité à travailler la terre, à laquelle je n'ai jamais cru. Les années Ben Gourion ont été un démenti incroyable pour tous ceux qui avaient nourri une haine contre l'État hébreux. Je suis un juif de la diaspora qui se désole de constater qu'Israël ne tient pas ses engagements socialistes du début. Aujourd'hui encore, alors que je blâme sévèrement la politique de Benyamin Netanyahou et son refus de trouver un accord avec les Palestiniens, je m'interdis de le vouer aux gémonies. On ne peut pas se croire légitime à donner des leçons en habitant à des milliers de kilomètres. Je me sens davantage français juif que juif français. Ma mère a fait un voyage en Israël, grâce à une amie épicière qui l'avait emmenée après la guerre. Ça a été un moment de bonheur inouï pour elle. Je m'y suis rendu dans les années 1980 avec mon épouse Laure et ma fille Pauline. Ce voyage m'a extrêmement ému, mais une fois rentré en France, j'étais chez moi.

Devenir avocat

Je ne sais pas comment l'idée de faire du droit m'est venue. Comme je n'arrêtais pas de parler, j'imagine que l'on devait considérer dans ma famille qu'un enfant qui parle autant deviendra forcément avocat. Étant donné mon milieu social, ma vocation à cette époque-là aurait été, de devenir mécanicien dans la confection et dans le meilleur des cas, de passer mon bac. Or, il n'a jamais été mis en doute, autour de moi, que j'allais faire des études.

À l'époque, il fallait passer les deux bacs et ce n'était pas rien. D'ailleurs, mes copains Claude Berri et Bernard Bester – devenu Bernard Lenteric, son nom d'auteur – n'ont pas été reçus, ma cousine et mon cousin, le grand pianiste de jazz René Urtreger, non plus. Le bac en poche, je me suis inscrit à la faculté de droit parce que cela me paraissait plus simple pour travailler rapidement. Une licence en droit s'effectuait en trois ans et à la fin de la troisième année, on pouvait passer directement le certificat d'aptitude à la profession d'avocat. Les cours n'étaient pas très prenants et cela me permettait de travailler à côté, car il fallait que je gagne ma vie et que j'aide ma mère.

J'ai fait un nombre de métiers inimaginable pendant mes années d'études. J'ai été représentant en maroquinerie, précepteur d'enfants dans des endroits invraisemblables – des chambres d'hôtel louées à des immigrés –, cloueur dans la fourrure. C'est mon ami Claude Berri qui m'a appris à détendre les peaux, une tâche qui demandait beaucoup de dextérité et de pratique. J'avais une capacité d'adaptation considérable, un vrai caméléon.

À la fin de ma deuxième année d'université, j'ai fait une rencontre fondamentale. À une surprise-party où je m'étais débrouillé pour me faire inviter j'ai fait la connaissance d'une jeune fille dont le père, Jacques Saporta, était un confectionneur assez cossu qui possédait des magasins dans Paris. Certainement ému par mes difficultés matérielles, il m'a engagé pour servir de précepteur à son fils Jean, mais il a mis à ma disposition une chambre de bonne au 55, boulevard de Strasbourg. J'ai pu enfin quitter celle de ma mère. J'y resterais trois ans. J'y étais encore quand j'ai été nommé deuxième secrétaire de la Conférence des avocats à la cour de Paris. Lorsque j'ai dû me procurer un smoking, je l'ai accroché à un clou derrière la porte. La « chambre à soi » de Virginia Woolf, j'aurai attendu pour l'avoir.

S'inscrire au barreau n'était pas aisé à l'époque. Le règlement des avocats à la cour de Paris prévoyait qu'il fallait disposer d'au moins deux pièces sans divan – une salle d'attente et un bureau sans canapé –, une garantie concédée aux bonnes mœurs, en quelque sorte. Là encore, je dois mon entrée dans le métier à des bienfaiteurs. Jacques Saporta connaissait un autre confectionneur qui avait été dans la Résistance avec René Moatti, président gaulliste du conseil municipal de Paris, un avocat assez connu. Il m'obtint un rendez-vous avec lui. Je me rends à son cabinet, 31 rue Marbeuf. Je me souviens encore des circonstances épiques de cette rencontre : j'avais besoin d'une pièce de monnaie pour acheter mon ticket de métro, la pièce de monnaie se trouvait dans un pot de confiture Materne, ma petite amie Madeleine y glisse sa main pour l'attraper, se coupe, se met à saigner abondamment. Je la laisse saigner, de peur d'être en retard, et file prendre mon métro à Château-d'Eau. René Moatti me reçoit très gentiment, pour faire plaisir à son ami. Quelques jours auparavant, j'avais lu *L'Élu* de Thomas Mann, l'histoire d'un enfant né d'un inceste entre un frère et une sœur, qui a été abandonné dans une barque sur la Manche et qui échoue sur une petite île où il est accueilli par des moines. Bien qu'il n'y ait pas de cheval sur l'île, et qu'on ne sache rien de la chevalerie, lui connaît tout sur le sujet. J'explique à René Moatti que je suis comme ce garçon, je ne connais personne au barreau, mais je sais tout du barreau sans y avoir jamais été. Mon culot le fait rire. Il n'a besoin de personne, mais il me propose de monter un subterfuge : « On va dire que vous travaillez ici et on fait venir un membre du conseil de l'Ordre pour constater que vous êtes bien installé dans notre cabinet. » C'est ainsi que j'ai été admis à m'inscrire au barreau.

Là, un autre bienfaiteur, Pierre Hebey, me dit qu'il fait de petits travaux d'avocat pour un de ses cousins, Charly Bensard, un agrégatif d'histoire très brillant devenu avocat, qui avait francisé son nom de Bensaïd comme cela se faisait beaucoup alors. Hebey propose de me laisser sa place comme coursier chez ce Charly au 133, boulevard Saint-Germain. Dans ce cabinet il n'y a que sa secrétaire, sa femme qui est sa collaboratrice, et lui. Il accepte tous les clients, aussi bien les maquereaux de Montmartre que les vendeurs sans licence ou les petits voleurs à la tire. Dans une pièce à côté, il y a son jeune frère, le médecin Norbert Bensaïd, qui deviendra mon meilleur ami.

Mon travail chez Charly Bensard consistait à sauter dans un taxi à la dernière minute, à assister des clients chez le juge d'instruction, à aller plaider pour eux dans les justices de paix. C'était très instructif car le métier d'avocat s'apprend d'abord avec les gens, connaître les couloirs, les bureaux, les endroits où se procurer un document, arpenter le palais, les petits tribunaux de banlieue. J'ai été un avocat tout-terrain. Il n'y a pas une juridiction dans laquelle je ne sois pas allé au moins une fois. J'ai aussi bien fréquenté les justices de paix, les tribunaux d'instance que la cour d'assises, les conseils de prud'hommes ou les juridictions de sécurité sociale, le conseil de l'ordre des médecins, les juridictions disciplinaires, le tribunal de commerce à Paris comme en province. J'ai tout fait dans mes jeunes années, commis d'office lorsque j'étais secrétaire de la Conférence, les petites corvées chez Charly Bensard. Je n'ai pas uniquement usé ma robe sur les bancs de la troisième chambre où l'on juge les affaires littéraires, de la dix-septième chambre spécialisée dans les affaires de presse ou de la cour d'assises, comme la suite de mon parcours pourrait le laisser croire.

René Moatti a appris que je travaillais ailleurs et il a estimé qu'il n'était pas chic qu'un garçon qui émarge officiellement chez lui soit dans le genre de cabinet de Charly Bensard. Il me rapatrie donc rue Marbeuf, me verse un salaire de 2 000 francs et il me garde là, à ne pas faire grand-chose. De temps en temps, il me confie un dossier à préparer et comme il est satisfait de mon travail, je deviens petit à petit un véritable collaborateur. Moatti était un très bon pénaliste, drôle, avec beaucoup de courage, un type formidable. Il a fini par découvrir comment je vivais en venant déjeuner dans la chambre familiale de Belleville. Je le revois assis sur un tabouret, ma mère faisant cuire quelque chose près de l'évier et approchant sa casserole du tabouret. Pierre Hebey, qui savait que je mourais de froid dans ma chambre de bonne, me proposait parfois de dormir dans son couloir sur un lit de camp. Tout le monde voulait s'occuper de moi. C'est Pierre Hebey, avec lequel je me brouillerais plus tard, qui m'a conseillé de présenter les concours. Je postule donc à la coupe d'éloquence de l'UJA (Union des jeunes avocats à la cour de Paris) et je la remporte. La même année, je deviens secrétaire de la Conférence Berryer, qui prépare à la grande Conférence que l'on passe l'année d'après. Je me rappelle que le sujet du premier tour avait un vague rapport avec la peine de mort. Il y avait là un avocat brillant, Stephen Hecquet, un hussard de l'époque, ami de Blondin, Nimier et les autres, extrêmement cultivé et hautain, qui écrivait pour le journal *Arts*. Dans un article sur la Conférence du stage, il a ainsi décrit mon discours : « Je vois un grand gaillard, profil romain, avec un nom qui commence comme une ville russe et finit comme une ville allemande… Je comprends, ce pauvre garçon souffre de beauvoirite aiguë. » Et il terminait en disant : « Quand il se rassied, l'éloquence française retrouve ses points cardinaux. » C'était dur, mais cela prouvait que je ne laissais pas les gens indifférents. À la même époque, je suis commis d'office pour un escroc et la journaliste Madeleine Jacob note à mon propos : « Par gentillesse, nous ne donnerons pas le nom de l'avocat et l'appellerons Maître Gaffeur. » C'était l'une de mes premières plaidoiries. Comme j'ai finalement obtenu un très bon résultat, elle a ajouté : « Le tribunal ne voulant pas faire supporter à ce pauvre homme les maladresses de son avocat, se contente d'une peine très légère. »

L'année d'après, je suis devenu deuxième secrétaire de la Conférence. C'était un pas important. J'ai récupéré des commissions d'office, je suis entré en contact avec les membres du conseil de l'Ordre, j'étais juré pour les candidats de l'année suivante. J'avais choisi comme sujet de discours de rentrée de la Conférence le personnage d'Urbain Grandier, un prêtre français accusé de sorcellerie et mort sur le bûcher en 1634. Mon texte commençait ainsi : « Ceci est l'histoire d'un homme jeune, beau, séduisant. Et sachant qu'il fut jeune, qu'il fut beau, qu'il sut plaire, vous connaissez déjà tout de lui, hormis comment et pourquoi il plut. » Il se terminait par cette phrase : « Il n'est jamais bon de se faire remarquer. » Sur les photos prises ce jour-là, je constate, aux regards des femmes tournés vers moi, que j'ai fait grande impression. En relisant aujourd'hui mon discours, je dois admettre que bien que n'ayant rien à voir avec Urbain Grandier – si ce n'est appartenir en tant que juif au camp des réprouvés –, je m'adressais déjà à l'homme que je deviendrais, l'invitant à des prudences auxquelles jc ne me tiendrais pas forcément.

Premières affaires

À l'âge de vingt-quatre ans, j'avais déjà parcouru un long chemin et eu plusieurs vies. J'étais avocat, marié et malheureux de l'être. Avant de me lancer dans ma carrière, je devais effectuer mon service militaire. J'ai eu la chance d'être exempté de guerre d'Algérie en tant que pupille de la nation, mon père étant censé être « mort pour la France » aux yeux de l'administration et non à cause de ce que la France avait commis sous Pétain. J'ai donc passé vingt-neuf mois de service militaire avec tous les protégés de l'époque, place Balard, au bataillon de l'Air 117. J'avais dans ma vie amoureuse une jeune femme qui m'a fait découvrir Balzac et me donnait rendez-vous au parc Montsouris dans l'ambiance du film d'Agnès Varda, *Cléo de 5 à 7*. Elle m'envoyait des lettres qu'elle m'adressait au ministère et je pouvais lire avec amusement sur l'enveloppe : « Caporal-chef Georges Kiejman, bataillon de l'Air 117 ». J'étais chargé d'écrire les discours du ministre, d'abord comme soldat, ensuite en tant que caporal-chef puis comme sergent et je retournais le soir dans mon baraquement. Je n'ai donc jamais appris à manier les armes, ce qui ne m'a pas manqué. J'avais comme condisciple Jean-Pierre Marielle. Il jouait à l'époque *L'Amour des quatre colonels* au théâtre et on le laissait sortir le soir. Nous nous entendions très bien. C'était un copain de régiment que j'appréciais beaucoup, je l'ai suivi dans ses diverses amours, nous avons souvent ri ensemble. Tout au long de notre vie, Jean-Pierre a eu cette manie ironique de claquer les talons quand il me voyait, un geste militaire pour me taquiner et rappeler que j'avais été son supérieur. Lorsque j'ai assisté à la remise de sa Légion d'honneur bien des années plus tard, il m'a dit : « C'est terrible, toi, tu es déjà officier ! Finalement, je te devrai toujours un respect hiérarchique. »

En 1959, quand je suis rentré du service militaire, bien que ma place était toujours réservée chez René Moatti, j'ai préféré travailler dans un cadre plus proche de mes idées politiques, Moatti étant un partisan fidèle de l'Algérie française. Je me suis associé avec un vieil homme cultivé, généreux et démuni de tous moyens financiers, un avocat du Parti communiste qui s'appelait Léo Matarasso. Nous nous sommes installés dans son bureau immense et délabré de l'avenue Hoche, avec un seul poste téléphonique pour deux.

À cette époque, il n'y avait que deux mille avocats inscrits au barreau de Paris, contre trente mille aujourd'hui, les secrétaires de la Conférence étaient donc fortement mis à contribution. J'ai plaidé de nombreuses affaires correctionnelles et aussi quelques affaires d'assises intéressantes, notamment pour une vieille pocharde qui avait tué son mari dans la cuisine lors d'une crise d'éthylisme. Elle n'avait pas été condamnée lourdement. J'ai également défendu un berger des Cévennes qui avait étranglé une concierge d'un certain âge pour lui voler ses boucles d'oreilles ainsi qu'un ticket de métro, qu'il avait ensuite jetés dans la Seine. Il m'avait demandé de lui éviter la légion d'honneur – le cordon rouge autour du cou –, c'est ainsi que l'on appelait à l'époque la peine de mort. Je la lui ai évitée.

Parmi les affaires passionnantes que j'ai plaidées ces années-là, aux côtés de Paul Baudet, un grand avocat doté d'une éloquence épiscopale très belle, il y eut celle de ce jeune soldat américain, ancien GI, adoré de ses beaux-parents, qui avait tué sa femme au domicile conjugal de plusieurs coups de couteau alors qu'elle allait le quitter pour son amant. Nous lui avons obtenu une peine très faible, les parents de la victime étant venus témoigner en sa faveur.

Paul Baudet m'avait pris sous sa protection. C'était un homme très religieux qui aimait évoquer son passé homosexuel. Il avait un physique de moine, cheveux blancs coupés court, et était doté d'une élocution parfaite. L'éloquence judiciaire, cela veut dire quelque chose : dans un silence de mort, on entend des voix s'élever. Baudet, c'était sublime. Une langue magnifique est-elle forcément efficace ? Je ne l'exclus pas. Moi qui prétends qu'il faut surtout être naturel, je veux bien croire que la beauté de la langue, lorsqu'elle est exceptionnelle, peut entraîner une émotion particulière.

L'édition

Je m'étonne encore d'être devenu l'avocat de Claude Gallimard et du monde de l'édition, moi le petit juif polonais élevé par une mère illettrée. Quel pied de nez au destin, quel hommage aussi à ce pays, la France, qui rend de temps à autre de tels parcours possibles ! L'édition est arrivée dans mon parcours professionnel par hasard, même si les livres occupaient déjà une place essentielle dans ma vie. Ma première femme, Claude, suivait des cours de philosophie avec un homme adorable, Denis Huisman, qui était devenu secrétaire d'un nouvel organisme, la Société civile de l'édition littéraire française, au sein duquel les éditeurs s'étaient regroupés. Il m'a demandé de l'aider en tant que juriste. Je me suis plongé dans ce monde, que je n'ai plus jamais quitté. À cette époque, au début des années 1960, j'ai rencontré de nombreux éditeurs et l'un d'eux, Philippe Rossignol, le directeur de Denoël, était le grand ami de Claude Gallimard. Je suis devenu son avocat en 1962 tout en intervenant sur les problèmes généraux communs aux autres éditeurs. Claude Gallimard était le véritable patron de sa maison bien que Gaston soit toujours en vie. C'était un homme cultivé, intelligent et sensible mais terriblement timide et replié sur lui-même, ce qui pouvait le rendre cassant. Nous avons tissé une relation privilégiée. Je suis certainement l'une des rares personnes à laquelle il a écrit pour exprimer son amitié. Je deviendrais son conseiller, mais aussi son porte-parole dans toutes les circonstances compliquées où il préférait ne pas s'exprimer lui-même. En dehors de mes réunions fréquentes avec lui, tous les lundis en fin de journée, j'animais une séance juridique au siège des Éditions Gallimard. J'ai été leur avocat pendant trente ans, jusqu'à mon entrée au gouvernement en 1990.

Ces fonctions m'ont passionné. Le mot de Cocteau s'applique parfaitement à ma situation d'alors : « Puisque ces mystères nous dépassent, feignons d'en être l'organisateur. » J'apprends et je conseille, je suis amené, non seulement à m'intéresser au contenu des livres, mais aussi aux problèmes d'impression, de distribution, de maquette, de droits d'auteur, de contrats.

Dans les années 1970, en tant qu'avocat d'éditeurs, je verrai pratiquer plusieurs types de censure. Deux textes étaient particulièrement utilisés contre les livres. Le premier relevait du code pénal, l'outrage aux mœurs par la voie du livre qui a permis, par exemple, de poursuivre Sade. J'ai ainsi défendu le psychanalyste et philosophe

Félix Guattari en qualité de directeur de revue, qui avait publié un numéro spécial sur les homosexualités. Madame Rozès, présidente de la dix-septième chambre, grande magistrate qui a fini présidente de la Cour de cassation, a cru mettre Guattari dans l'embarras en lui demandant de lire certains passages, ce que Guattari a fait avec une telle délectation que Mme Rozès a dû lui demander de s'arrêter. Les audiences étaient très drôles. À l'époque, on poursuivait en correctionnelle des éditeurs comme Tchou, Pauvert ou Régine Deforges pour des publications que l'on jugeait outrageantes pour les mœurs. On restreignait aussi la vente de certains livres comme ceux d'André Pieyre de Mandiargues en s'appuyant sur une loi sur les publications destinées aux mineurs, mais qui était en réalité utilisée pour s'attaquer à des publications pour adultes. Elle permettait parfois d'interdire la vente et souvent l'exposition chez les kiosquiers et les libraires. Mandiargues écrivait dans une langue superbe des livres assez dérangeants comme *Le Musée noir* ou *L'Anglais décrit dans le château fermé*, il était toujours à la limite de ce que l'on appelait à l'époque la pornographie.

De temps en temps, un auteur de la maison me demandait d'intervenir pour lui à titre personnel. J'ai fait la connaissance d'écrivains que je n'aurais jamais rencontrés autrement : Montherlant, Malraux, Ionesco. Je n'ai pas eu la chance d'échanger avec Camus qui est mort peu de temps après mon arrivée chez Gallimard, mais j'ai croisé Sartre et Beauvoir. Mes premiers honoraires, 5 000 francs de l'époque, je les ai consacrés tout entiers à l'achat d'un fonds de Pléiade à prix d'éditeur.

Les livres

Sans les livres, je n'aurais pas été celui que je suis devenu. Ils ont forgé mon caractère, ma personnalité, m'ont donné une direction et la certitude que je pourrais me sortir de tous mes malheurs. La légende familiale raconte que j'ai su lire à l'âge de quatre ans, ce qui peut sembler étonnant, ayant été élevé par une femme qui ne savait lire et écrire dans aucune langue. Mes sœurs ont certainement dû m'apprendre. Mes premières lectures étaient les illustrés enfantins de l'époque, comme *Le Journal de Mickey*. J'ai racheté, il y a quelques années, mon premier album de Mickey, une édition de *Mickey et les Trois Voleurs*. Je suis entré chez un brocanteur et j'étais horrifié du prix que la vendeuse en demandait. J'ai trouvé cela grotesque et je suis ressorti. Ensuite, j'ai réfléchi et je me suis dit : « Après tout, c'est idiot, si j'y tenais tant que cela, je n'avais qu'à l'acheter. » J'y suis retourné. La brocanteuse m'a lancé : « Je savais que vous reviendriez… »

Il y avait aussi les albums de Bicot, un petit garçon très bien élevé, élégamment vêtu, qui avait une sœur aînée, Suzy, qui occupait une grande place dans sa vie et qui voulait faire de lui un snob – ce que ma sœur aînée avait tenté de faire avec moi. Mais Bicot n'appréciait que ses copains, Ernest, Auguste, des petits voyous qui formaient avec lui le club des Ran-tan-plan. J'aimais beaucoup cette idée de club et les démêlés de Bicot avec sa sœur, sa rébellion pour voir ses vrais amis plutôt que celui qu'on voulait lui imposer, qui s'appelait Arthur et qui portait des petits costumes de velours.

À sept ans, je lisais déjà de vrais livres, que mes sœurs et leurs amies m'offraient. Certains sont toujours en ma possession quatre-vingts ans plus tard. En octobre 1940, mon père m'a acheté dans la Bibliothèque verte une édition sans illustrations d'Hector Malot, *Romain Kalbris*. Je l'ai toujours, avec cette dédicace et une faute de ma sœur cadette qui avait écrit à la place de mon père : « À mon fils bien aimé, son papa qu'il aime de tout cœur ». Tant il allait de soi que c'était nous qui aimions notre père.

J'adorais également *Le Robinson suisse* parce qu'il s'agissait de l'aventure de Robinson vécue par une famille et non par un homme seul. Vers neuf, dix ans, entre le Berry et le collège de jésuites dans le Gers, j'ai lu Hector Malot, Erckmann-Chatrian avec *Le Conscrit de 1813*, *Cinq Semaines en ballon* de Jules Verne et *Michel*

Strogoff. Un peu plus tard je découvrirais Dickens avec *David Copperfield* et *Les Grandes Espérances*.

À l'école communale de Belleville, notre recueil de morceaux choisis s'appelait le Dumas et dans le Dumas, trois textes m'ont marqué. Le premier était un dialogue entre une mère et un enfant qui n'aimait pas le fromage. Sa mère le regardait pensivement et lui disait : « Ah mon fils, c'est un grand malheur de ne pas aimer le fromage quand on est pauvre. » Le second texte parlait d'une famille misérable qui n'avait plus de quoi manger. Le père, photographe, se voyait miraculeusement commander quarante-huit clichés pour une noce. On dépêchait alors immédiatement le petit garçon pour réouvrir le crédit chez l'épicier pour nourrir à nouveau le foyer. Le troisième texte était plus ambigu : dans un hôpital d'officiers pendant la guerre de 14-18, un officier allemand est en convalescence. Il renaît à la vie grâce à une côtelette-purée qu'on lui donne. Ces trois lectures ont en commun le rapport à la nourriture. Je n'ai jamais manqué, mais ma mère m'a toujours fait sentir que c'était un miracle que nous ayons quelque chose à manger.

Il y a d'autres constantes dans mes lectures : les héros de ma jeunesse sont tous des orphelins, au moins de père (Romain Kalbris, Copperfield, Pip dans *Les Grandes Espérances*). Leur deuxième point commun est d'être très malheureux au départ, d'affronter des situations difficiles de pauvreté, d'ignorance, de mauvais traitements. Le troisième est qu'ils rencontrent toujours des bienfaiteurs – un bagnard en rupture de ban comme dans

Les Grandes Espérances ou un vieil aristocrate breton dans *Romain Kalbris* – qui les sauvent. Il y a souvent aussi une femme ou une petite fille et des relations amoureuses. Romain, quand il est petit, est amoureux de Diélette qu'il a rencontrée dans un cirque. Pip est amoureux d'Estella qui lui tient la dragée haute – ça aussi, je l'apprends : il y a des femmes qui vous tiennent la dragée haute… ! Ces lectures pour la jeunesse développent des sentiments primaires : la nécessité du courage individuel, de vaincre l'adversité, le patriotisme. On se bat seul mais on est généreux, on n'oublie jamais d'aimer les femmes… Tout est là.

Lorsque je suis dans mon village à Loye-sur-Arnon, ma sœur aînée, qui détient une fausse carte d'identité et qui travaille dans une librairie à Marseille, parvient à me faire porter une très belle édition de *L'Île au trésor* – encore une histoire solitaire. Au fond, j'ai toujours su que l'on pouvait être un petit orphelin, ayant tous les ennuis du monde, et que cela pouvait s'arranger. Aujourd'hui encore, je porte une attention particulière aux mères élevant seules un enfant.

Quand j'entre en sixième, il y a au collège une bibliothèque qui tient dans un immense placard. Au bout de deux ou trois ans, je suis nommé bibliothécaire. Cela consistait à tenir le registre de ceux qui empruntaient un livre. Ce n'était pas très compliqué : j'étais le principal usager de la bibliothèque. À ce moment-là, je découvre Walter Scott et Alexandre Dumas. Ce ne sont pas tant l'écriture que les aventures auxquelles ces héros sont mêlés qui m'intéressaient. J'éprouve une profonde reconnaissance envers Alexandre Dumas dont on admet seulement maintenant qu'il était un grand écrivain. Dumas est le romancier de l'histoire de France et comme la France est mon pays, je rentre par ce biais de plain-pied dans son passé. Dans *Le Vicomte de Bragelonne*, un roman admirable sur l'amitié, je suis tombé sur cette formule magnifique. D'Artagnan est harassé, il rentre d'une mission et s'assoit dans un grand fauteuil. Dumas écrit : « Dieu lui envoya le sommeil, frère innocent de la mort. » Comment peut-on rivaliser avec cette évidence ? À chaque fois que j'ai essayé d'écrire, j'ai renoncé, écrasé par le talent des auteurs que j'admirais.

Quand je reviens à Paris chez ma mère, il n'y a toujours pas de livres autour de moi. Mais lorsque je rentre au lycée Voltaire, ma sœur cadette, qui est revenue de déportation, habite rue de la Montagne-Sainte-Geneviève, et je fréquente deux bibliothèques : une où il n'y a pas d'emprunts, la bibliothèque Sainte-Geneviève, qui était ouverte aux lycéens, et la bibliothèque municipale de la mairie du 5e. À l'époque, les radios étaient très rares et la télévision plus encore, il n'y en avait pas dans ma famille. Les livres constituaient mon unique ouverture sur le monde. J'avais le sentiment que si l'on construisait sa vie sans livres, il n'y aurait pas de vie. Là je découvre, entre autres, un roman qui me marquera beaucoup : *Les Thibault* de Roger Martin du Gard. Les relations entre les deux frères m'impressionnent – le plus jeune, d'ultra-gauche et l'aîné médecin, qui a une maîtresse, Rachel, une femme illégitime. J'ai toujours aimé les femmes illégitimes. Si elles sont avec vous, c'est parce qu'elles le veulent bien, elles ne sont pas prises dans les chaînes d'un contrat. Mais je m'égare, j'en reviens toujours aux femmes…

Après ma licence de droit, je découvrirai Michel Leiris, Maurice Blanchot, Pierre Jean Jouve, des noms que je n'ai pas entendus une seule fois au cours de ma scolarité. Je reste fidèle à Flaubert, *Madame Bovary* et surtout *L'Éducation sentimentale*, à Balzac également, découvert grâce à cette jeune femme dont j'étais amoureux et qui m'a fait lire tous les livres qui justifiaient sa réserve à mon égard. « Aimez-moi comme m'aimait ma tante », dit madame de Mortsauf à Félix de Vandenesse dans *Le Lys dans la vallée*. Stendhal m'a accompagné tout au long de ma vie. J'aurais adoré être, non pas Julien Sorel – un personnage trop âpre pour moi dont j'ai tout de même retenu « Je suis petit, madame, mais je ne suis pas bas » –, mais ce Fabrice Del Dongo, probablement né des amours illégitimes de sa mère avec un officier de l'armée française de passage à Milan, qui est un personnage si léger, si souriant, aimé des dieux et de sa tante. Je me voyais bien aussi en Lucien Leuwen dans le roman inachevé du même nom, dont le père banquier avait pour habitude de dire qu'il ne redoutait que deux choses :

le rhume et l'ennui. Ces figures désinvoltes et romantiques étaient très éloignées des héros de mon enfance comme Kalbris, mais elles ont contribué à me donner l'impression qu'une vie romanesque et romantique était possible. Ce que j'aime dans la littérature, ce sont évidemment les relations entre les hommes et les femmes : Frédéric Moreau et ses amours qui n'aboutissent jamais avec Mme Arnoux, Julien Sorel qui s'aperçoit que le grand amour de sa vie était Mme de Rênal et pas du tout la jeune aristocrate Mathilde de La Mole. J'aime le rôle que jouent les femmes dans Balzac, d'abord parce qu'elles aiment profondément les hommes et ensuite parce qu'elles les attirent auprès d'elles grâce à leur art de la conversation. Déjeuner avec l'une d'elles n'est jamais une perte de temps. Ce sont elles qui mènent la danse et c'est par rapport à elles que l'on se situe dans la société.

J'ai lu Proust beaucoup plus tard et je m'y suis repris à plusieurs fois, un peu par devoir et ensuite comme une récompense. Comme tous ses lecteurs, j'étais convaincu qu'il avait écrit pour moi. Quand on a eu une vie amoureuse faite de quelques déceptions et de chagrins, quand on a été abandonné davantage qu'on n'a quitté, on ne peut que s'identifier. Puis ce Swann, juif banquier qui mène une vie d'aristocrate, cela laisse forcément rêveur un homme qui aurait dû être tailleur.

Dans l'appartement où je passe désormais tout mon temps, mes livres me tiennent compagnie. J'ai l'immense chance de posséder la quasi-intégralité des Pléiades qui tapissent le mur de mon salon. La nuit, lorsque le sommeil se refuse à moi, je pars à la recherche d'extraits, de citations, d'émotions. Autant de notes et d'airs connus qui me ramènent à des visages, des voix, des moments du passé et me bercent.

Cinéma

Comme pour de nombreuses voies empruntées au cours de mon existence, mon entrée dans le monde du cinéma s'est d'abord produite par hasard, par curiosité ensuite, par goût enfin. Dans le petit monde des films d'auteur, j'étais ami avec Jacques Doniol-Valcroze, un des premiers rédacteurs des *Cahiers du cinéma* et l'un des cinéastes de la Nouvelle Vague. Je me suis donc rapidement retrouvé à plaider quelques dossiers pour les *Cahiers*. Par ailleurs, René Moatti, grand spécialiste du droit cinématographique, m'avait mis en contact avec Simone Signoret. Il m'a également présenté Carlo Ponti, le grand producteur italien de Fellini, Vittorio De Sica, Ettore Scola et Michelangelo Antonioni. Un jour, alors que j'avais monté mon premier cabinet avec Léo Matarasso, Carlo Ponti a débarqué dans nos locaux délabrés de l'avenue Hoche pour me faire part de ses problèmes conjugaux. Il avait divorcé au Mexique et en beaucoup d'endroits, mais il était toujours considéré comme bigame en Italie, pays catholique qui, alors, n'autorisait pas le divorce. Il venait me voir à court d'idées pour que je l'aide à trouver une solution. J'ai réfléchi et je lui ai dit : « Vous avez une société qui s'appelle Rome Paris Films, vous êtes un producteur important en Italie et en France, on peut considérer que vous jouez un grand rôle dans la culture française. Vous pouvez devenir français dans un délai accéléré et vous demanderez l'application de la loi française. » Mon plan a fonctionné et il a pu officiellement épouser Sofia Loren en 1966. Il m'en a été très reconnaissant. C'est ainsi que je suis devenu l'avocat de Rome Paris Films, une société qui produisait entre autres Jacques Demy, Claude Chabrol, Jean-Luc Godard et Jacques Rivette.

Dans ces années 1960, je me rendais très souvent à Cannes en tant qu'avocat de Carlo Ponti, de Georges de Beauregard et d'autres producteurs. J'étais également l'ami de Gérard Lebovici, le fondateur d'Artmedia et déjà l'avocat de François Truffaut et de sa société. Mon smoking, celui qui était accroché à un clou dans ma chambre de bonne, m'a finalement beaucoup servi, même s'il commençait à être étroit à mesure que je prenais du poids ! Je rencontrais des gens cultivés, je parlais avec eux, je m'intéressais de plus en plus au cinéma en tant qu'art.

L'ambiance était chaleureuse, festive. J'adorais ça. Les femmes étaient merveilleusement élégantes, je m'approchais d'actrices sublimes qui m'envoyaient balader comme la somptueuse Marie Laforêt aux yeux violets. Les projections se déroulaient alors dans l'ancien palais des festivals, qui était sur la Croisette même, entre deux grands hôtels, le Carlton et le Majestic. Un jour Carlo Ponti m'avait donné ses places pour la projection de *La dolce vita*. J'étais au premier rang du balcon et quand le film s'est terminé, les vedettes sont remontées vers la sortie, notamment Jeanne Moreau. Elle était bras dessus bras dessous avec Florence Malraux et elle m'a demandé de les accompagner. J'étais aux anges. Je me revois marcher avec elles sur la Croisette en direction du Majestic où Jeanne Moreau devait se changer pour se rendre à Saint-Tropez. Je sentais bien qu'il y avait dans le regard des badauds une curiosité à l'égard de ce jeune homme qui était au bras de Jeanne Moreau. Arrivée devant le Majestic, elle m'a planté là et je suis retourné à mon anonymat.

C'était une période d'une effervescence folle. Le cinéma était l'art du moment, la culture quotidienne en termes d'images, la télévision n'étant pas encore très développée. J'ai commencé à plaider de nombreuses affaires pour les uns et les autres, la plupart tournant autour des atteintes à la vie privée qui, jusque-là, n'était protégée par aucun texte législatif. À partir des années 1960, de plus en plus de personnalités se sont plaintes de figurer contre leur accord dans des œuvres de fiction. J'ai ainsi plaidé contre Fernande Segret, la seule femme que Landru n'avait pas assassinée et brûlée : elle estimait que l'on n'avait pas le droit de parler d'elle dans le film de Chabrol. Elle a été déboutée au motif qu'elle avait elle-même accepté qu'on la mentionne dans divers écrits, notamment dans la rubrique « Les amours célèbres » de *France-Soir*. J'ai également plaidé contre Violette Nozière, la parricide chérie des surréalistes, qui souhaitait qu'on ne parle plus d'elle.

Mais l'histoire dont j'ai gardé le souvenir le plus amusant est celle de Gunter Sachs, le célèbre play-boy qui avait épousé Brigitte Bardot. Il avait fait saisir le magazine *Lui* dans lequel il figurait. J'ai fait lever la saisie, puis j'ai plaidé sur le fond face à Robert Badinter, qui était son avocat. J'ai gagné en faisant valoir que Gunter Sachs était peut-être la seule personne au monde qui n'avait pas de vie privée puisqu'il avait été rendu célèbre grâce à sa vie privée. La presse entière chroniquait ses amours et ses aventures. Je me souviens que dans l'article poursuivi, on lui rendait hommage en disant : « l'essayer, c'est l'adopter », cela m'avait fait beaucoup rire. À cette époque, j'ai commencé à être considéré comme un jeune avocat digne d'intérêt.

Au cinéma comme en littérature, la censure sévissait âprement ces années-là. 1966 est celle du scandale de *La Religieuse*, le second film de Jacques Rivette, rédacteur en chef des *Cahiers du cinéma*. Le long-métrage a d'abord été une pièce de théâtre adaptée de l'œuvre de Diderot, mise en scène en 1963 au Théâtre des Champs-Élysées à Paris par Jean-Luc Godard sans que cela ne suscite d'émotion particulière. Le texte de Diderot traite de l'absence de vocation d'une jeune fille de la bourgeoisie, Suzanne Simonin, que sa famille contraint à prendre le voile car elle n'a pas de quoi la doter. Il décrit sa vie dans trois couvents successifs : l'un où l'on prend soin d'elle, un autre où elle est traitée de manière quasi sadique et enfin une sorte de couvent un peu mondain où tout le monde batifole. Il s'agit d'une satire de la vie monacale. Sur les planches comme à l'écran, la religieuse était interprétée par Anna Karina. À l'époque, les films, pour pouvoir être projetés, devaient recevoir un visa d'exploitation, lequel n'était pas accordé par le ministre des Affaires culturelles André Malraux qui refusait de jouer ce rôle d'éventuel censeur, mais par le ministre de l'Information, Yvon Bourges. En cette période pré-électorale où l'État gaulliste ne veut pas heurter l'électorat catholique, il est décidé que le film ne peut pas être exploité au motif qu'il porte atteinte à la dignité de la religion et est injurieux à l'égard des religieuses.

Cette censure, alors que personne n'a vu le film, provoque un grand émoi. Les milieux culturels et intellectuels s'insurgent. Jean-Luc Godard écrit dans *Le Nouvel Observateur* une lettre ouverte à André Malraux qu'il rebaptise « ministre de la Kultur », à l'allemande. Les enseignants sont vent debout : « On a touché à Diderot ! » Il est maintenant admis que l'épouse du général de Gaulle avait été alertée par des religieuses chez lesquelles elle avait fait ses études et qu'elle était intervenue auprès de son mari. On a trouvé dans des archives un mot du Général, en marge d'une note confirmant son souhait de voir le visa d'exploitation refusé à *La Religieuse*. L'affaire suscite tellement d'indignation que je suggère qu'avec ou sans visa, le film soit projeté au festival de Cannes. J'affirme que Cannes est une sorte de territoire international où la loi française ne s'applique pas. Je fais le pari qu'ils n'oseront pas le saisir.

Le film est projeté en 1967, la critique estime qu'il n'y a pas de quoi s'offusquer, personne ne comprend qu'il soit censuré. Le lendemain, lors de la conférence de presse habituelle, Rivette s'agace car les médias s'intéressent davantage à la procédure en cours qu'aux qualités artistiques de son film. Mes relations avec lui en pâtiront.

Avec Arnaud Lyon-Caen, avocat au Conseil d'État, nous engageons une procédure en annulation du refus de visa. Le tribunal administratif nous donne raison, mais sur un motif de forme, pas sur le fond. Cette décision ne vaut pas visa. Entre-temps, le ministre de l'Information a changé : Yvon Bourges a été remplacé par Georges Gorse, considéré comme un gaulliste de gauche. Le visa tardera encore longtemps et sera finalement accordé, avec une restriction pour l'Indochine. Ce succès m'a valu d'être sollicité par tous les réalisateurs du moment. Je me suis rendu compte que la défense de la liberté d'expression était pour moi un combat fondamental.

En février 1968 éclate l'affaire de la Cinémathèque : le gouvernement décide de licencier Henri Langlois, qui en est à la tête depuis sa création en 1936. L'émotion est grande, comme pour *La Religieuse*. Des protestations proviennent du monde entier. Le 14 février, trois mille cinéphiles manifestent sur la place du Trocadéro et sont chargés par la police. Sur certaines photos, on voit François Truffaut courir devant les charges des forces de l'ordre. Bertrand Tavernier a le visage en sang, Godard perd ses lunettes dans la bagarre. Cette manifestation devant la Cinémathèque constitue une sorte de répétition générale de mai 68. Il s'agit d'un des premiers signes d'exaspération contre l'autoritarisme du pouvoir gaulliste.

Au studio Lafayette, où notre Comité de défense de la Cinémathèque organise une conférence de presse, Truffaut n'a pas pu venir, mais Chabrol, Godard, Rivette et moi accompagnons Jean Renoir. Nous prenons la parole successivement. Simone Signoret est dans la salle ainsi que Marcel Carné, Nicholas Ray et Michel Piccoli. Les *Cahiers du cinéma* publient un numéro spécial avec nos contributions. L'affaire devient politique. Mendès et Mitterrand apportent leur soutien. Une seconde manifestation est organisée le 18 mars, avec Jean Marais en porte-drapeau. Finalement, le gouvernement recule et Langlois retrouve son bureau et ses fonctions à la tête de la Cinémathèque. Mai 68 arrive et là encore, Cannes devient l'épicentre de la contestation contre la censure. Jean-Luc Godard prône la grève. Les projections sont annulées. La nuit, je me promène sur la Croisette avec Michel Piccoli. J'ai la révolution joyeuse.

« Une étoile est née »

Certains procès changent le cours d'une carrière et vous font sortir du lot. Il y a eu pour moi un avant et un après l'affaire Nicole Gérard, un dossier qui a fait grand bruit et qui a sombré dans l'oubli depuis. Je m'en souviens pourtant comme si c'était hier. En cette année 1966, je passe, auprès d'une poignée de gens, pour un jeune avocat prometteur. Un jour, Jacqueline Trouvat, la collaboratrice de Georges Izard, un avocat très cultivé et prisé des milieux d'affaires, m'appelle : « On demande à Izard d'être partie civile pour une femme qui a perdu son frère médecin, tué par son épouse de deux coups de fusil dans un restaurant du quartier de la Huchette. Izard n'apprécie pas les assises, il vous cède sa place, si vous voulez. » J'accepte sans hésiter.

La presse se prend de passion pour ce fait divers appelé très justement « l'affaire Nicole Gérard », car la sœur du mort et la femme qui l'a tué se prénomment toutes les deux Nicole Gérard. Truffaut l'a utilisé à la fin de son film *La Peau douce*, où une femme entre dans un restaurant et tue son mari d'un coup de fusil. Ce drame se déroule dans un milieu aisé. La victime était un médecin des hôpitaux qui s'apprêtait à divorcer pour épouser une jeune femme de la bourgeoisie lyonnaise. Son épouse en était, elle, à son troisième mariage et avait trouvé auprès de lui une forme de stabilité. Elle avait avec lui un fils dont elle prétendait qu'il avait voulu la séparer. Pendant la procédure de divorce, elle avait fait une tentative de suicide alors que son fils était dans l'appartement. Le docteur Gérard en avait profité pour récupérer la garde du garçon, considérant que sa mère le mettait en danger. Elle s'était ensuite battue pour récupérer l'enfant. Elle prétendait qu'entre autres mobiles justifiant son crime, il y avait cette impossibilité de récupérer son fils, qui l'avait rendue folle. Elle était défendue par une avocate fantastique, Germaine Sénéchal, très célèbre à l'époque, qui avait été une grande résistante, la première femme à se présenter au conseil de l'Ordre. Germaine s'apprêtait à plaider l'acquittement, le meurtre passionnel, les faits étant reconnus par la cliente mais justifiés, à ses yeux, par le comportement inqualifiable de son mari.

J'étais partie civile pour la première fois. À mon grand étonnement, je me révèle fait pour cela, féroce. Au cours du procès, j'interviens beaucoup. En général, la partie civile ne dit pas grand-chose, ne peut pas se prononcer sur la peine et laisse passer les débats jusqu'aux plaidoiries finales. Moi, en revanche, j'interroge les témoins, les experts et en particulier je rends Nicole Gérard, l'accusée, antipathique en deux occasions. Ma cliente m'avait dit que, pendant la procédure de divorce de son frère, Nicole Gérard l'épouse était allée voir une vieille dame de leur immeuble qui s'apprêtait à témoigner contre elle. Elle aurait menacé cette dame de révéler à son vieux mari qu'il était atteint d'un cancer, ce qu'il ignorait. Du coup, la vieille dame n'avait pas témoigné. J'ai cité cette personne comme témoin, et je lui ai demandé si ce chantage avait eu lieu. À ce moment-là, la salle a eu des murmures réprobateurs à mon égard comme si j'avais été le picador dans une corrida. La vieille dame a fait face à la cour d'assises, elle n'a pas dit un mot, mais a éclaté en sanglots. Je n'ai pas insisté : il était clair que ce chantage avait eu lieu et que Nicole Gérard n'était peut-être pas l'ange du bien qu'elle prétendait être.

Sur un autre point important, la garde du fils, j'avais étudié le dossier de divorce joint au dossier criminel dans lequel figurait une proposition confidentielle, faite par l'avocat du mari à l'avocat de l'épouse. Dans cet accord confidentiel, il lui rendait la garde du fils et elle admettait qu'elle lui devait une somme d'argent – ce qu'elle contestait car elle avait déchiré la reconnaissance de dettes qui figurait au dossier. Je lui ai demandé si tout cela était exact et elle m'a répondu : « Oui, mais je ne lui devais plus ce million. » J'ai rétorqué : « Peut-être, mais il vous rendait tout de même la garde de l'enfant. Donc, dans la pire des hypothèses, vous l'avez tué pour un million, pas pour la garde de l'enfant. » J'ai poursuivi un peu durement je l'avoue : « Finalement, le seul désaccord entre vous était une question d'argent et non cette garde que vous n'arriviez pas à récupérer. » Il y a eu des moments intenses. Toute la défense de Germaine Sénéchal consistait à montrer que le docteur Gérard était un sale type puisqu'il envisageait de se remarier alors que sa propre cliente avait été mariée trois fois. J'ai commencé ma plaidoirie en disant que, d'une part, je pensais que le docteur Gérard était quelqu'un de très bien mais pas un saint et que si seuls les saints avaient droit à la vie alors on n'avait qu'à considérer comme légitime d'exécuter tous les gens qui n'étaient pas des saints. Finalement, Nicole Gérard a été condamnée à onze ans de réclusion, une peine assez lourde.

Dans ce procès j'ai affiné un style, que l'on peut qualifier de combatif. C'est la première fois que j'étais livré à moi-même. J'y suis allé avec mon tempérament et mon instinct. Je suis un plaideur convenable, mais je suis surtout un grand débatteur. René Floriot, un immense avocat, disait : « Il ne faut pas poser de question si on ne connaît pas la réponse. » Moi, tant pis, je m'aventure, je harcèle, je ne lâche rien. Je travaille comme un forcené sur le dossier, je ne néglige aucun détail, je vérifie tout, je me bats pied à pied. « Vous dites cela à la cote numéro tant mais à la cote numéro tant, vous dites l'inverse. Comment expliquez-vous cette contradiction ? » On peut bien sûr trouver cela discutable quand on n'est pas au banc de la défense. Je n'ai pas ce scrupule. Je pense que l'important est de toujours dégager la vérité. La vérité est parfois malmenée par l'accusation, d'autres fois par la défense.

La meurtrière a passé sept ans en prison. Elle a été une prisonnière modèle. Elle a écrit un livre, *Sept ans de pénitence*, dans lequel elle reprend tout son système de défense initial qui avait pourtant été invalidé pendant le procès. Elle m'y appelle « maître X » mais m'a envoyé un exemplaire du livre, avec assez de panache, dédicacé : « À Maître Kiejman, je vous les dois, je vous les rends. » Un peu plus tard, le malheur s'est à nouveau abattu sur cette femme. Elle avait repris une vie d'antiquaire et son fils, devenu adulte, est mort en mer dans une équipée avec des amis. Elle voulait poursuivre celui qui conduisait le bateau et elle m'a appelé pour me confier l'affaire. J'étais tout à fait touché qu'elle me le demande, mais j'ai refusé.

Après le verdict qui la condamnait, Jean-Paul Lacroix, chroniqueur judiciaire de *Paris-Presse*, a écrit un article, illustré par une très mauvaise photo, dont le titre était « Une étoile est née », dans lequel il analysait mon style. Malheureusement, ce jour-là, la distribution des journaux était en grève. J'ai acheté les quatre seuls exemplaires parvenus au Drugstore. L'étoile mettra du temps à briller.

Premiers engagements

Mon rapport à la politique est directement et intimement lié à mon histoire familiale. Bien que j'aie refoulé la mort de mon père, son assassinat à Auschwitz et les horreurs de la Seconde Guerre mondiale m'ont marqué au fer. J'ai vécu comme une injustice effroyable la persécution à l'égard des juifs : pourquoi, moi, petit juif n'ayant fait de mal à personne, dois-je considérer que j'appartiens à une communauté que l'on a le droit de maltraiter, voire de massacrer ? C'est une question qui me hante encore. Mon appartenance au camp de la gauche vient de là. Pour autant, mon engagement politique a toujours été vague même s'il s'est construit autour de l'idée de justice sociale. Je me suis toujours méfié des structures, des idéologies. Je ne me voyais pas assister à des réunions de partis, à des palabres sans fin, ou à des distributions de tracts. Le seul moment où j'ai appartenu à un parti, c'était au PSU, pour des raisons de clarté et de commodité, lorsque j'ai participé à la campagne de Mendès à Grenoble. Je n'ai jamais eu de carte au

Parti socialiste, même quand j'ai été ministre de François Mitterrand.

Je n'ai pas reçu d'éducation politique, pas plus que je n'ai été instruit par ma mère en matière de religion ou de savoirs élémentaires. Lorsque je suis arrivé à Paris en classe de première, j'ai découvert un monde nouveau. Le lycée Voltaire, à cette époque, était un repère de gauchistes. L'UJRF (Union des jeunesses républicaines de France, équivalent des Jeunesses communistes) était très implantée. Mon sentiment d'appartenir à la gauche s'est forgé là-bas. Pourtant, je n'ai jamais eu la tentation d'adhérer au Parti communiste. Là encore mon environnement familial a influé car ma mère n'aimait pas les communistes.

J'ai voté à gauche dès qu'il m'a été possible de le faire et j'ai été un défenseur farouche de l'indépendance algérienne. Je n'appartenais pas non plus à l'UNEF, le syndicat étudiant de gauche, mais lorsqu'elle organisait des manifestations, je m'y rendais. Plus tard, je suis devenu le secrétaire d'une organisation qui s'appelait le FACUIRA (Front d'action et de coordination des universitaires et intellectuels pour un rassemblement antifasciste). On y trouvait des communistes en rupture de ban comme l'ancien résistant Jean-Pierre Vernant ou Jean-Pierre Vigier, des figures du PSU comme Claude Bourdet, mais aussi Jean-Paul Sartre, Simone de Beauvoir, Claude Lanzmann, Bertrand Poirot-Delpech, Christiane Rochefort et quelques indéterminés comme moi qui étais un inconnu à l'époque.

Comme j'étais jeune et que je n'appartenais à aucune faction, quand il a fallu nommer un secrétaire général qui ne soit ni au PSU ni au PCF, ils se sont dit : « Prenons le petit Kiejman ! » Mon rôle consistait à faire vivre administrativement ce mouvement baroque et typiquement germanopratin, qui se battait, modestement, pour l'indépendance de l'Algérie. C'est ainsi que j'ai participé aux manifestations contre l'Algérie française et me suis retrouvé à me battre contre les forces de l'ordre. J'étais présent au grand rassemblement d'octobre 1960 où l'on a reçu des coups de matraque ainsi qu'à la manifestation à Charonne, un an plus tard, de sinistre mémoire où de très nombreuses personnes sont mortes. C'est ma rencontre avec Pierre Mendès France qui me fera véritablement entrer dans l'action politique.

Françoise

J'étais un jeune avocat, elle était célèbre. Françoise Giroud, en 1962, était la reine de Paris. Tous les hommes étaient à ses pieds. Nous nous sommes rencontrés à un cocktail que j'avais été chargé d'organiser en tant que secrétaire du FACUIRA pour le retour à Paris d'Henri Alleg, considéré comme un héros après avoir écrit *La Question* où il dénonçait la torture en Algérie. Condamné, il venait d'être amnistié. Arrive Françoise Giroud, dans une robe un peu transparente sous le soleil de juin. Je lui propose de faire l'interview d'Alleg pour *L'Express*. Elle me demande l'exclusivité, je la lui promets et je m'apprête à partir en week-end à la campagne. Elle me rattrape, je ne sais comment, et l'on se retrouve dans mon bureau avec Alleg et le journaliste K. S. Karol qui s'était joint à nous pour le journal anglais *The New Statesman*. Après l'interview, nous sommes allés prendre un verre dans un endroit à la mode, Chez Alexandre, en face du Fouquet's, et Françoise m'a déposé en voiture, chez moi, au coin de la rue de l'Université, c'est-à-dire au domicile conjugal que ma femme avait provisoirement quitté pour suivre des études en Russie. Quelques jours plus tard je l'invite à dîner dans un endroit snob et ridicule, le Cercle Rive Gauche, situé au coin de la rue du Sabot et de la rue Bernard-Palissy. Pour la séduire, je lui raconte une nouvelle de Balzac, *La Femme abandonnée*, écrite avant *Le Père Goriot*. Ça lui plaît beaucoup. Elle a été quittée par Jean-Jacques Servan-Schreiber, ce qui l'a plongée dans un immense chagrin. Elle a failli mourir au cours d'une tentative de suicide dont elle a réchappé *in extremis*, et n'a jamais pardonné aux médecins de l'avoir sauvée. Après avoir passé un an comme directrice de *France-Soir*, elle était redevenue, à la surprise générale, patronne de *L'Express*, c'est-à-dire du journal le plus influent du moment. *L'Express* passait pour faire et défaire les gouvernements de gauche et combattre vigoureusement ceux de droite. Le journal s'était forgé une belle réputation littéraire en recrutant François Mauriac pour le « bloc-notes ». À l'époque, Françoise avait quarante-six ans, elle s'habillait avec beaucoup d'élégance, elle avait des yeux magnifiques. Elle était entourée d'hommes qui essayaient de la séduire. Je me contentais de faire état de ma culture, de mes lectures, de mes étonnements, elle devait trouver que j'étais un jeune homme charmant. Elle était redoutablement intelligente, mais elle avait quelques défauts. En particulier, elle s'attribuait souvent des mérites qui étaient en réalité ceux d'autres personnes. Quand elle voulait laisser planer le flou, elle utilisait le mot « comme » : « Les choses se sont passées comme si… » Et l'on finissait pas croire qu'elles s'étaient passées de cette façon.

Un jour, peu de temps après notre dîner, je reçois un mot d'elle. C'était le week-end du 14 Juillet et elle ne savait pas que j'étais marié : « J'ai bouclé le journal, partons en Auvergne. » Un ami commun et réalisateur de cinéma, Mario Ruspoli, tournait *La Fête prisonnière*, un film sur l'hôpital psychiatrique de Saint-Alban. Je me suis laissé embarquer avec délice, quelque chose a commencé… qui a duré plus de deux ans. J'avais tout pour plaire à Françoise : j'allais sur mes trente ans et surtout j'avais la sensibilité du petit pauvre. Françoise avait été humiliée en tant que fille de bourgeois déclassés dont le père était mort ruiné. Elle avait connu, sinon la pauvreté, du moins une certaine gêne. Elle était devenue le soutien de sa mère. Elle a très vite perçu mon côté « petit chose », mon tenace sentiment d'illégitimité. Elle se moquait d'ailleurs gentiment de moi en m'appelant « pauvre Georges ». Nous nous sommes retrouvés sur une forme de sensibilité sociale.

Pendant près de deux ans, je suis le jeune homme que Françoise emmène partout, aux projections, dans les dîners en ville, à l'Opéra. Grâce à elle, j'entends pour la première fois la Callas dans *Norma*. Le week-end, nous partions dans sa Mercedes décapotable à Gambais, où elle avait une maison de campagne. Tout le monde savait qu'elle vivait entourée d'un escadron de jeunes journalistes, les hommes politiques lui tournaient autour, les gens de son journal lui vouaient une admiration sans bornes et tout à coup, ils la voyaient s'enticher de ce figurant de quatrième catégorie, ce garçon venu de nulle part.

Je dois beaucoup à Françoise car c'était une femme qui avait une expérience de la vie considérable et une grande connaissance des mécanismes sociaux, non pas en termes d'ascension, mais en termes de compréhension. Elle m'a aussi permis de faire la connaissance de Pierre Mendès France, l'ancien président du Conseil, mon héros en politique. Un jour, elle me dit : « Vous rêvez de le rencontrer, qu'attendez-vous ? Allez le voir de ma part. » Françoise était ainsi. J'ai pris ma vieille guimbarde, je suis allé à Louviers toquer à la porte de Mendès et je ne l'ai plus quitté.

À l'époque, j'étais amoureusement instable. Mon premier mariage était terminé et l'exclusivité ne faisait pas partie de mes valeurs. Je suis tombé très amoureux d'une jeune et très riche héritière, Albina du Boisrouvray, que j'ai toujours soupçonnée de m'avoir ouvert les bras pour le plaisir de me prendre à Françoise. Elle avait vingt-deux ans, elle était belle, fine et élégante, elle portait des bas de soie et ses dessous provenaient de chez Dior, il était difficile de lui résister. Je l'ai rencontrée grâce à Micheline Rozan, une amie qui était l'agent d'Orson Welles, de Peter Brook et de Jeanne Moreau. Albina avait déjà un mari et un enfant. Elle voulait faire quelque chose avec son argent et avait fondé une société de production. Elle habitait la Suisse et au début nous

nous retrouvions à l'hôtel. Je me cachais à peine si bien qu'un jour, alors que je me trouvais au Montalembert avec Albina, Françoise m'a fait porter un mot sur lequel était écrit : « Jouez sans remords avec votre nouveau train électrique. D'ailleurs, des remords, vous n'en avez pas. » J'ai craint le pire. Lorsque ça s'est terminé entre nous, tout le monde m'a annoncé que je m'étais mis dans une situation catastrophique, qu'elle allait me poursuivre de sa vengeance. Rien de tel ne s'est produit. Françoise et Albina étaient toutes les deux très snobs. Françoise ne m'en a pas voulu et nous avons gardé d'excellentes relations. Je l'ai conseillée pour la composition de son cabinet quand elle a été nommée ministre en 1974 et nous sommes restés proches jusqu'à sa mort. Avec Albina, cela n'a pas duré. Elle avait loué pour moi un appartement dans l'immeuble où je vis encore aujourd'hui et me rejoignait une fois par semaine. Un jour, elle m'a envoyé un télégramme qui disait « je t'aime, attends-moi ». Huit jours plus tard, elle m'appelait, en pleine nuit, pour me quitter au prétexte qu'elle était tombée amoureuse d'un étudiant. J'en ai été très triste, du moins j'ai cru l'être. Un an après, en 1965, alors que je me trouvais dans un séminaire à Stockholm, je me suis envoyé une carte postale qui disait : « Cesse de promener ton cœur malheureux à travers l'Europe, tu te rends ridicule aux yeux de tous tes amis. » À mon retour à Paris, j'ai trouvé la carte dans ma boîte aux lettres et je me suis dit : « Il a raison, ce type ! » J'étais guéri de mon chagrin.

PMF

Mendès, pour moi, est un dieu. Jeune avocat, je considère qu'il n'y a rien de mieux que Mendès France, dans la vie : ancien résistant, engagé dans les Forces françaises libres, président du Conseil en 1954 sous René Coty, en désaccord avec la politique algérienne du gouvernement français. Mendès France est le seul homme politique qui compte à mes yeux. Quand j'étais étudiant, je ne lisais pas *Le Monde*, mais *France-Soir*, et Mendès était l'homme de Pierre Lazareff, le grand homme de presse de ma génération.

Mendès France incarnait pour moi l'intégrité absolue, la figure morale de la gauche. Mon admiration pour lui ne date pas de son passage au pouvoir en 1954. Il avait été un grand résistant et un ministre du général de Gaulle. Il était charismatique, de gauche mais pas communiste, il était juif et avait quand même réussi en politique. Il faisait des choses un peu enfantines mais qui l'avaient rendu très populaire comme le verre de lait obligatoire dans toutes les écoles de France. Il représentait à la fois une figure paternelle et un modèle. Il avait été le plus jeune avocat de France, le plus jeune député de France, le plus jeune en tout. Il militait pour une république humaine mais moderne, qui donnait sa place à l'économie. Son côté social-démocrate n'était pas une faiblesse. Il était l'homme qui avait mis fin à la guerre d'Indochine, et celui du « Plan ».

Il était soutenu par *L'Express* de Jean-Jacques Servan-Schreiber et Françoise que je ne connaissais pas encore à l'époque. Dans ce milieu, on l'appelait « Augustin ». Quand en 1958, il est battu aux élections législatives après le retour de De Gaulle, je l'ai vécu comme une défaite personnelle. Je souhaite alors me mettre à son service pour les prochaines élections qui se tiendront en 1962. Mais je n'ai aucun contact, aucun moyen de l'approcher.

Sur intervention de Françoise donc, je débarque à Louviers. Il se trouve dans son petit bureau, avec ses pantoufles écorchées par son chien. Il me fait un accueil très simple, immédiatement chaleureux. Je lui dis : « Quand vous avez été battu en 1958, j'ai été très malheureux. J'ai une grande admiration pour vous et si je peux participer à votre campagne électorale de 1962, ce serait un immense honneur pour moi. » On discute un peu et il me répond : « J'ai une seule chambre d'amis, il y a deux lits dedans. J'ai déjà un collaborateur, Richard Dartigues, un fonctionnaire qui s'est mis généreusement à mon service. S'il veut bien de vous comme colocataire, je suis d'accord. » Je prends contact avec Richard Dartigues, un homme délicieux, un Français comme on en rêve, et je deviens son ami. Je suis étonné qu'il n'y ait pas davantage de monde, nous ne sommes que trois dans la maison. J'occupe donc le lit d'à côté, je fais la campagne à Évreux que nous perdons. Je passe un bon mois à arpenter les villages, à écrire des petits articles pour le journal local, à porter la contradiction à son adversaire Jean de Broglie dont je ne sais pas à ce moment qu'il est l'oncle de Laure, la femme que j'épouserai un jour et qui sera la mère de mes trois enfants. Mendès me prend en sympathie. Qu'il considère que je sois intelligent, c'était comme naître pour la première fois. Il vivait très simplement, ce n'était pas un grand épicurien. La plupart du temps, il mangeait un sandwich dans sa voiture et une banane dont il jetait la peau par la fenêtre, buvait de la soupe dans un Thermos. Ce qui était merveilleux avec Mendès France, dès lors qu'on appartenait à son cercle, c'est qu'il vous voyait vraiment. Il n'avait pas le regard vague de l'homme politique. Il entretenait avec moi un rapport très paternel. Une intimité est née et beaucoup plus tard, une familiarité. Et encore, je ne l'appellerais jamais Pierre, mais « Président ».

Quand je commencerai à avoir des amours diverses et variées, Mendès France sera toujours très naturel avec les femmes de ma vie, Marie-France ou Laure. À chaque nouvelle rencontre, il me disait : « C'est bien, vous avez l'air heureux. »

Je participe ensuite à la campagne des législatives de 1967 à Grenoble. Cette campagne se déroule formidablement bien. J'ai l'impression de voler sur des nuages. Tout nous réussit. Nos discours sont bons, amusants, la presse étrangère envoie des journalistes pour l'interviewer, elle anticipe son retour. Claude Perdriel installe un bureau de *L'Observateur* à Grenoble, dirigé par Josette Alia. Nous logeons tous dans le même hôtel, pendant un mois. C'est très joyeux, nous rions beaucoup. Je me souviens avoir détourné un dessin publicitaire de Jean Effel pour l'essence Shell « Mettez un tigre dans votre moteur » en « Mettez un tigre dans votre voteur ». J'ai surtout organisé une très belle soirée dans la salle du Manège où sont venus chanter pour le soutenir Jacques Brel, la grande vedette du moment dont je suis alors l'avocat, ainsi que Serge Reggiani. Mendès France, peu rompu au divertissement, était heureux comme un enfant.

J'étais aussi à ses côtés un an plus tard lors des législatives de 1968, mais cette fois, il a été battu. L'atmosphère avait beaucoup changé. Les gaullistes avaient envoyé un candidat un peu plus sérieux, Jean-Marcel Jeanneney. Et les communistes ont poignardé Mendès dans le dos. Les voix qui lui ont manqué sont celles des communes communistes autour de Grenoble.

J'ai été impressionné par le stoïcisme avec lequel Mendès a accepté sa défaite, avec beaucoup de tristesse et de dignité. Il ne reviendra plus jamais au pouvoir. Le dimanche soir, en attendant les résultats, nous sommes allés dîner dans une auberge à quelques kilomètres de Grenoble. Ma compagne de l'époque, Marie-Hélène

Estienne, une délicieuse gavroche, était avec nous. Son naturel plaisait beaucoup à Mendès. Pendant le dîner, je me levais toutes les cinq minutes pour noter les résultats partiels au téléphone, comprenant très vite qu'il était battu. Au retour, dans la petite Peugeot de Mendès, je l'entends encore dire : « Et si on ne rentrait pas ? » Il a souvent eu cette envie de fuir, de disparaître. Il est cependant rentré au siège de campagne. Il a consolé tous ses partisans, comme toujours, sans arriver à se consoler lui-même.

On ne finira jamais de méditer sur la gloire de Mendès France, sur la brièveté de son passage au pouvoir, sur le respect qu'il a inspiré à tous et sur ses échecs. Il est très rare de trouver en un seul homme politique la compétence, la rigueur, le courage civique (plus rare que le courage physique, aimait-il à dire), une attention vraie aux autres. Où était sa faille ? Elle résidait dans la conviction républicaine mais naïve que tout citoyen, tout parlementaire, est en mesure de comprendre si on lui explique clairement sa démarche et que, dès lors, on peut passer avec lui, sur un programme, un contrat qu'il respectera. Il a manqué à Mendès France la part de cynisme indispensable à la réussite politique. C'est aussi pour cela que beaucoup, moi le premier, continuent à l'aimer.

Par la suite, étrangement, je ne suis pas sorti de sa vie, je me rendais à des réunions chez lui, il m'invitait parfois à déjeuner, à Paris ou à Montfrin. Sa femme était morte entre-temps et il s'était remarié avec Marie-Claire de Fleurieu, née Servan-Schreiber. Il est tombé malade après sa défaite, je n'ai pas su ce qu'il avait exactement car nous n'en parlions pas. Il vivra encore quatorze ans. Il n'a jamais cessé de s'intéresser aux affaires étrangères, à Israël, à la politique. Sans regret ni amertume, toujours avec intérêt. Je suis devenu insensiblement une sorte de faux secrétaire de Mendès. Quand il avait besoin d'un service juridico-judiciaire, bien qu'il soit avocat de formation, il me le demandait.

J'étais dans un taxi ce 18 octobre 1982 quand j'ai entendu annoncer à la radio qu'il était mort. Bien que je le sache malade, je ne m'y attendais absolument pas. J'ai pris le choc de plein fouet. J'ai éclaté en sanglots comme si l'on m'apprenait la mort de mon père. Il y a des larmes que l'on n'oublie jamais.

1968

Je n'ai pas été un acteur de mai 68, juste un témoin un peu privilégié pour avoir suivi les événements, notamment aux côtés de Mendès France. J'en retiens qu'il s'agissait d'abord, davantage qu'une révolte sociale, d'une révolte générationnelle et culturelle liée au mode de vie matérialiste du moment qui laissait peu d'espoirs à la jeunesse. Mai 68 est, dans le monde entier, une génération qui dit qu'elle en a assez, qui estime que le « métro, boulot, dodo » ça suffit et qui, surtout, entend faire valoir qu'il est interdit d'interdire avec une croyance utopique et joyeuse : sous les pavés, il y a la plage. Mai 68 est à la fois un grand mouvement de fond, une fête désordonnée, une remise en cause de l'autorité et la proclamation d'un nouveau modèle. Nous étions quelques amis qui avions passé l'âge d'être étudiants – j'avais trente-cinq ans à l'époque – et nous regardions ce spectacle ahurissant du balcon du 38 boulevard Saint-Michel où habitait alors Pierre Nora, marié à Françoise Cachin. Il y avait là Francois Furet, André Fermigier et quelques autres.

La radio Europe n° 1, le grand média de l'époque, nous tenait au courant du moindre événement : les entrées et sorties dans la Sorbonne, la disparition de Cohn-Bendit, son retour avec la complicité de Marie-France Pisier. En dehors de la CFDT, aucun parti politique ou syndicat ne les soutenait. Le Parti communiste et la CGT regardaient avec méfiance un mouvement qui leur échappait. Ils étaient inquiets de voir les ouvriers sur les toits saluer cordialement ces jeunes gens qui passaient. Même les cadres politiques les plus bienveillants, Mendès France en tête, n'ont pas compris à quel point les mouvements de la jeunesse étaient tout à fait autonomes. Dès que les événements ont éclaté, j'ai conseillé à Mendès de revenir à Paris. Un jour, on apprend à la radio que les anarchistes sont en train de mettre le feu à la Bourse. Avec Mendès France et quelques amis, nous prenons deux voitures et nous décidons d'aller voir ce qu'il se passe là-bas. La Bourse ne flambe pas du tout, mais arrive en sens inverse, dans la rue du Quatre-Septembre, un flot de jeunes gens, drapeaux rouges et noirs à la main. Je marche vers eux, je reconnais Alain Geismar et je lui demande s'il accepte que notre petit groupe se joigne à eux. Il me répond : « On n'en a rien à foutre ! » Les jeunes n'avaient rien contre Mendès, mais ils ne voulaient pas entendre parler des vieilles organisations. On continue à pied, on passe plusieurs barrages de police et, après un saut à la Sorbonne désertée, on se retrouve au bureau de l'UNEF, rue Soufflot. Nous sommes accueillis ni bien ni mal. Mendès échange trois mots avec Sauvageot et

Michel Rocard, mais personne ne s'intéresse spécialement à lui. Nous décidons donc de rentrer chez nous et chacun s'en va de son côté. Il ne s'est rigoureusement rien passé, mais comme mon ami de régiment, Quennessen, journaliste à *France-Soir*, avait déambulé avec nous, il a écrit un quart de colonne dans *France-Soir* : « Hier au Quartier latin, on a pu voir Pierre Mendès France... » Tout le monde s'en fichait sauf François Mitterrand, qui en a conçu jalousie et agacement parce que je l'avais dissuadé, la veille, de se rendre avec Mendès sur les barricades du boulevard Saint-Michel.

Que reste-t-il de 68 ? Un certain goût de la liberté qui marque désormais les rapports entre les sexes, les relations intrafamiliales et professionnelles. Sur l'enseignement, je garde une certaine réserve. L'espèce de familiarité imposée par mai 68 a entraîné le manque de considération envers les enseignants aujourd'hui. Or il n'y a pas de transmission du savoir sans une certaine révérence à l'égard de ceux qui détiennent ce savoir. Mais à l'époque, on a l'impression de respirer mieux. Un certain nombre de rigidités ont disparu, c'est le principal acquis de mai 68 et ce n'est pas rien.

L'image d'une France devenue une immense bacchanale est en revanche erronée. Il y a eu, peut-être, une petite période où des jeunes gens qui avaient vingt ou vingt-cinq ans se sont dit qu'il fallait étendre le concept de liberté à tous les domaines, mais cela est resté très limité.

Ce qui me frappe avec le recul, c'est la puissance des mouvements féministes qui se sont manifestés en mai 68 et par la suite avec le Mouvement de libération des femmes, créé en 1970 par Antoinette Fouque, dont je deviendrai l'avocat et l'ami. Le MLF se revendiquait comme le mouvement des femmes et pas celui de la jeunesse en général. Il restait donc en marge de mai 68 qui était, comme d'habitude, dirigé par des hommes : Cohn-Bendit, Sauvageot, Alain Krivine, Alain Geismar… Les filles étaient présentes à la base, dans les rues, sur les barricades, mais mai 68 n'est pas un mouvement de filles.

La place des femmes n'a ensuite cessé de croître de manière irréversible dans toutes les responsabilités, y compris économiques, bien que leur part reste encore minoritaire. Dans les institutions politiques, elles sont de plus en plus présentes. Je comprends ce nouveau féminisme post-MeToo, bien que je regrette parfois une tonalité inutilement agressive. Les choses progressent, ce qui ne veut pas dire qu'il faille renoncer à peser inlassablement pour qu'elles s'améliorent. J'en reviens toujours à l'aphorisme de Francis Scott Fitzgerald : « La marque d'une intelligence de premier plan est de pouvoir fonctionner sur deux idées contraires à la fois. C'est ainsi qu'il faut savoir que les choses sont sans espoir, et continuer à les changer. »

Marie-France

Marie-France Pisier avait tout : elle était belle, cultivée, intelligente, politiquement engagée, elle évoluait dans un milieu stimulant et très vivant. J'ai passé dix années incomparables avec elle, nous nous sommes beaucoup aimés et nous avons énormément ri. Je me souviens de cette époque comme d'un temps de ma vie particulièrement joyeux et pétillant. Notre rencontre elle-même, en août 1970, a été très amusante.

J'étais déjà l'avocat du cinéma et, à ce titre, souvent invité à des projections de film. Un soir, je me trouvais au cinéma le Biarritz pour un long-métrage de Doniol-Valcroze, le directeur des *Cahiers du cinéma*. J'étais accompagné d'un ami journaliste, André Fermigier, une des grandes plumes du *Monde* spécialiste d'architecture, de peinture et d'urbanisme… Derrière nous, j'aperçois Marie-France Pisier, la clarté de ses yeux, ses pommettes rieuses et son air mutin. J'ai immédiatement eu envie de la connaître. Elle était déjà une actrice assez célèbre, elle avait tourné pour Truffaut. Et moi j'avais plaidé l'affaire de *La Religieuse*, je n'étais donc pas un total inconnu pour elle.

À l'entracte, je me précipite dehors, je cours au bureau de poste situé sur les Champs-Élysées et j'appelle un restaurant à la mode rue du Cherche-Midi pour retenir une table pour six ou huit. Il y avait des copains italiens à la projection ce jour-là. À la fin du film, je me tourne vers Marie-France et lui dis, sur un ton prétentieux : « Ne seriez-vous pas par hasard la sœur de l'agrégative de droit, Évelyne Pisier ? » Un peu piquée, elle me répond : « Oui, pourquoi ? » De fil en aiguille, je lui explique que j'ai de charmants amis italiens à Paris pour qui j'ai organisé un petit dîner et je lui propose de se joindre à nous. À ma grande surprise, elle dit « oui ». J'avais déjà un petit dossier amoureux à l'époque. Elle m'a avoué par la suite avoir pensé : « Ce vieux beau (j'avais trente-huit ans), je vais le moucher et lui rabattre son caquet. »

Du dîner, je ne me souviens plus de grand-chose. Au moment où le repas prend fin, je glisse à l'oreille de mon ami André que je le laisse tomber et je me fais raccompagner en voiture par Marie-France. Elle me dépose au coin de la rue d'Assas et de la rue de Vaugirard et je rentre chez moi, où une jeune femme m'attendait. Ma situation sentimentale était horriblement compliquée, ce n'était pas le moment de tomber amoureux de Marie-France. C'est pourtant ce qu'il s'est produit.

À peine notre histoire avait-elle commencé que nous nous sommes fâchés. Un jour, je décide de donner au

Monde un entretien sur les divers modes de censure. Dans ce texte, je regrette que l'on utilise l'article 14 de loi de juillet 1949 destinée à protéger les mineurs pour entraver certaines publications destinées aux adultes. Je le signe « Georges Kiejman et Marie-France Pisier », pensant lui faire plaisir, car je savais qu'elle n'avait pas renoncé à l'idée de devenir docteur en droit sur travaux. Je m'étais évidemment complètement fourvoyé. Elle s'est indignée, m'a traité de macho : comment avais-je pu disposer de son nom sans lui en parler ? La dispute n'a guère duré. Nous nous aimions déjà et partagions énormément de choses, le cinéma, la politique, la littérature. Marie-France suivait les affaires que je plaidais, notamment le procès de Pierre Goldman. Tous les samedis, de manière informelle, notre groupe d'amis se réunissait au bar de la Closerie des Lilas vers 13 heures, sans savoir précisément qui serait là ou non. Je m'intéressais à son métier, je l'ai accompagnée dans sa carrière. J'étais très lié avec l'agent et producteur Gérard Lebovici, et avec des gens qu'elle admirait comme François Truffaut. Elle m'a fait rencontrer André Téchiné, un jeune inconnu à l'époque, qui a beaucoup œuvré pour ma culture cinématographique. Avant de faire sa connaissance je ne savais pas à quel point un film c'était un champ, un contrechamp, un travelling avant, arrière. Il m'a appris la grammaire du cinéma. Téchiné était ombrageux mais séduisant. Il était une référence pour Marie-France, elle ne jurait que par lui : pour entrer dans sa vie, il fallait plaire à Téchiné. Je revois encore le restaurant italien, au carrefour de la

Croix Rouge où j'ai passé mon examen de passage devant Téchiné. Marie-France et moi nous sommes donné du mal pour qu'il puisse faire *Souvenirs d'en France*, son premier film, puis *Barocco*. Je me souviens être allé la voir sur le tournage à Valence-d'Agen où se déroulait *Souvenirs d'en France*. J'étais très ami avec Jeanne Moreau, qui jouait également dans le film. C'était gai. Quand je m'ennuyais sur le tournage, je faisais un saut à Saint-Antonin-Noble-Val chez Marianne Merleau-Ponty, que j'aimais beaucoup.

Marie-France et moi nous sommes mariés en 1973 à la mairie du 6e arrondissement, alors que nous vivions déjà ensemble depuis quelques années. Je portais un costume de chez Cifonelli, elle était vêtue d'un tailleur en tweed, un foulard coloré autour du cou. Sa sœur Évelyne était à ses côtés avec son mari de l'époque Bernard Kouchner, très beau, qui portait les cheveux longs. Leur fils aîné, Julien, était présent également. On le voit gambader à nos pieds sur les photos où tout le monde rit aux éclats.

Marie-France adorait, pour un oui ou pour un non, mettre les pieds dans le plat, empêcher qui que ce soit d'avoir des certitudes. Elle cachait sa sentimentalité derrière une apparente froideur. Elle faisait des farces puériles. Un jour, alors qu'elle était partie tourner, j'ai trouvé une boîte de chocolats dans le réfrigérateur. Au fond de la boîte, il y avait un tout petit papier sur lequel était écrit « si tu mets plus de 48 heures à en arriver là, c'est que je ne te connais pas ». Elle était ainsi, adorable, impétueuse, tendre. Nous étions un vrai couple même si étrangement je me suis beaucoup dispersé. Quand il m'arrivait de m'égarer, elle éclatait de rire. Elle était très amie avec Monique Wittig, du groupe Psych et Po, une variante du MLF, et elle revendiquait la doctrine de l'époque : personne n'est propriétaire de personne. Chacun pouvait avoir des aventures de son côté. Dans la réalité, ce n'était pas aussi simple que cela. À la fin, elle ne trouvait plus ça drôle du tout et elle m'a rendu coup pour coup.

Nous n'avons pas réussi à avoir d'enfant ensemble et cela a sonné le glas de notre couple. Nous nous sommes quittés en 1979, en restant liés jusqu'à sa mort. Elle me consultait toujours avant d'accepter un rôle. Un jour, elle m'a appelé pour me dire : « Raoul Ruiz me propose de jouer Madame Verdurin dans une adaptation du *Temps retrouvé* de Proust. Fais-moi le papier. » Je me souviens lui avoir dit : « Raoul Ruiz, raté ou réussi, c'est toujours intéressant et Madame Verdurin est une emmerdeuse, c'est pour toi ! » Sa mort m'a dévasté. Je suis convaincu qu'elle ne s'est pas suicidée. Elle avait été traumatisée par le suicide de ses parents et elle n'aurait jamais fait une chose pareille sans même écrire à ses enfants. Sans avoir aucune certitude, je penche plutôt pour un appel au secours qui a mal tourné. Cette mort brutale reste un chagrin et un mystère qui m'accompagneront jusqu'au bout.

« *Procès* »

On a oublié aujourd'hui à quel point l'arrivée de la télévision a bouleversé nos vies. Elle s'est invitée dans nos foyers et aussi dans nos métiers. En janvier 1971, je participe à une émission de télévision dont tout le monde va parler. Éliane Victor, une productrice célèbre, avait monté une série appelée « Procès » qui traitait de sujets de société. À l'époque, il n'y avait que deux chaînes et elles étaient regardées par des millions de Français. L'émission était diffusée en direct sur la Une, le lundi à 20 h 30, et pendant deux heures, deux avocats s'affrontaient sur un thème selon le modèle des tribunaux anglo-saxons. J'ai commencé par refuser parce que je ne trouvais pas sérieux pour un avocat de se produire à la télévision. Éliane Victor a insisté et m'a proposé un sujet en or, « l'invasion de la sexualité dans la vie quotidienne ». Elle m'a expliqué que je serais en défense face à René Floriot, l'avocat le plus renommé de l'époque. C'était tentant et j'ai finalement accepté. Chaque avocat avait le droit de faire entendre trois témoins et de contre-interroger ceux de son contradicteur. Chaque protagoniste faisait tourner deux petits courts-métrages pour illustrer sa thèse. Il y avait des vedettes dans cette émission : le président du tribunal supposé était Étienne Mougeotte, alors jeune et beau comme un archange. La partie civile était incarnée par Jean Cau, journaliste et écrivain de grande réputation, ancien secrétaire de Jean-Paul Sartre.

J'ai soutenu qu'on ne pouvait pas parler d'invasion de la sexualité dans la vie quotidienne et que vouloir réprimer cette prétendue invasion était une façon d'instaurer une forme de répression. J'expliquais qu'en réalité, on manquait d'amour. J'avais choisi Henri Lefebvre, grand philosophe marxiste-libéral, parmi mes témoins car je défendais la thèse que ceux qui dénonçaient une prétendue invasion de la vie sexuelle étaient en fait contre l'amour et non contre la pornographie ce qui constituait une atteinte fondamentale à la liberté. Sous prétexte de puritanisme en cette période post-68, j'affirmais que l'on était en train de tuer la liberté d'aimer. À l'époque, un jeune coiffeur s'était immolé par le feu car on se moquait de ses cheveux longs. Une jeune fille s'était jetée par la fenêtre du commissariat où elle était venue se plaindre d'un viol sans être crue. Il y avait également eu l'affaire Gabrielle Russier, cette professeure de français amoureuse d'un de ses élèves, qui finit aussi par se suicider après avoir été jetée en prison. Le puritanisme était partout à l'œuvre.

Pendant l'émission, je m'en suis pris à Jean Cau, qui dans un article de *Paris-Match* comparait l'invasion de la pornographie à Auschwitz. Je trouvais la comparaison aussi insupportable qu'ignoble. J'ai contre-interrogé, avec beaucoup de succès, les témoins de Floriot. Mon témoin Henri Lefebvre a fait un magnifique discours sur l'amour et Floriot a refusé de le contre-interroger, prétextant qu'ils ne parlaient pas la même langue, ce qui fit très mauvais effet. Huit jurés sur neuf ont voté en faveur de ma position. L'émission a eu un écho retentissant. La presse s'en est fait le relais. Le mercredi suivant, on en a parlé au Conseil des ministres. Avec les sœurs Pisier, on a entrepris le soir même une tournée des grands-ducs pour fêter ma victoire. Nous nous sommes retrouvés à boire des verres chez le réalisateur Peter Kassovitz, le père de Mathieu, nous sommes tous tombés dans les bras les uns des autres.

Les féministes m'en ont été reconnaissantes, les homosexuels aussi, qui étaient stigmatisés et très souvent agressés. J'ai gagné mon couvert au Sept, un restaurant très chic de la rue Thérèse tenu par Fabrice qui a fondé le Palace, et dont je suis devenu le héros. Du jour au lendemain, on me reconnaissait dans la rue, on m'interpellait, on me félicitait. Je me souviens de vacances dans le désert tunisien avec Marie-France où sur la route nous avions croisé des Français qui me regardaient avec les yeux écarquillés. En une soirée sur le petit écran, j'étais devenu une vedette parisienne, le héros de la liberté. Ce serait bien vite oublié, tant à Paris toute gloire est éphémère. Enfin, pas totalement.

Simone

L'appartement de Simone donnait d'un côté sur la Seine, de l'autre sur la place Dauphine. Il était bordélique et chaleureux, on l'appelait la Roulotte. Ses amis y passaient sans prévenir et sans façons. Quand je sortais du Palais de justice, je frappais à sa porte : « Tu veux aller déjeuner chez Madame Paul ? » Elle ne cuisinait jamais. Quand nous avions faim, nous nous retrouvions systématiquement dans l'un des deux petits bistrots flanquant son immeuble.

J'ai croisé Simone Signoret la première fois chez René Moatti, à l'aube des années 1960. Elle était une de ses clientes, c'était une immense vedette depuis *Casque d'or* et *Les Diaboliques*. Elle avait une histoire familiale compliquée et douloureuse. Son père André Kaminker était juif, il était parti en Angleterre pendant la guerre rejoindre la France libre et avait laissé sa fille derrière lui. Elle avait dû se débrouiller comme elle pouvait et trouver un emploi pour aider sa mère. Elle n'avait eu d'autre choix que de devenir la secrétaire d'un collaborateur qui fut fusillé à la Libération, Jean Luchaire, le père d'une de ses amies de lycée, actrice elle aussi. Puis elle avait eu un premier enfant avec Yves Allégret, qu'elle a perdu à la naissance. Cette jeunesse heurtée l'avait rendue attentive et sensible aux malheurs des autres. Elle savait que la vie n'était pas simple et que devenir la secrétaire de Luchaire avait été une chance pour la fille abandonnée et démunie de tout qu'elle était alors. Un jour, pendant la guerre, elle s'était perdue après le couvre-feu près de la place de la Bastille et s'était retrouvée à dormir dans un petit hôtel avec le beau Claude Jaeger, une gloire de la Résistance. Elle avait connu cette époque où il fallait demander des tickets pour obtenir de la laine pour la layette de son enfant. Elle était auréolée d'une vie aventureuse commencée au Café de Flore.

Simone m'avait demandé de l'accompagner chez un notaire dans des démarches pour un de ses frères mort d'un accident en mer. C'est ainsi que nous nous sommes liés d'amitié. On discutait des affaires politiques, littéraires, je suis petit à petit devenu un habitué de la place Dauphine, puis d'Autheuil, leur maison à elle et à Montand située à cent kilomètres de Paris. Notre amitié reposait sur l'engagement, l'affection et la sensibilité. Elle avait retrouvé une sorte de petit frère en moi. C'était une copine au sens fort du mot, elle essayait de m'associer à ses actions. Elle était touchante, tout en jouant tout le temps les grognons, tendre et bourrue à la fois. Elle se méfiait des jeunes actrices qui se targuaient d'être cultivées. Elle tenait ainsi Marie-France à distance, d'un air de dire « qu'est-ce qu'elle raconte la petite ? » Elle n'aimait pas qu'une autre comédienne parle de politique. Elle préférait la compagnie de Marina Vlady ou de Françoise Arnoul qui la considéraient comme une idole.

J'étais proche d'Yves Montand parce qu'il était souvent là. Il y avait une certaine familiarité entre nous, mais c'était surtout le mari de Simone pour moi. Montand avait décidé une fois pour toutes qu'il était adorable, donc il l'était. Il donnait toujours l'impression d'être de passage, que ce soit place Dauphine ou à Autheuil. Il était tout le temps pris par quelque chose, un tournage, une tournée, un enregistrement, un concert. Il adorait plaisanter, il affichait une joie de vivre et un sourire permanents. Il n'était pas toujours aisé de deviner ses pensées. Il était assez économe de ses mots, prudent dans son expression, conscient de ses limites dans cette bande d'intellectuels parmi laquelle il évoluait, lui qui n'avait reçu quasiment aucune éducation, ayant commencé à travailler dur à l'âge de onze ans.

Autour de Simone et Yves gravitait tout un petit groupe à géométrie variable, une famille dont j'ai eu la chance de faire partie, qui se déplaçait de Paris à Autheuil en passant par la Colombe d'Or à Saint-Paul de Vence. Il y avait là le réalisateur Chris Marker et l'écrivain Jorge Semprún, auquel Montand vouait une admiration sans bornes. Jorge était leur ami le plus proche sur le plan politique, et leur ami tout court. Il avait été secrétaire du Parti communiste espagnol clandestin puis s'était séparé du Parti communiste. Il avait un passé irréprochable, c'était notre tête pensante à tous. Jorge avait tout : il était beau, il venait d'une famille d'aristocrates espagnols, il était très courageux, il avait combattu l'Espagne franquiste au risque d'être exécuté, il avait été déporté. C'était un intellectuel, il écrivait des romans et des scénarios pour Costa-Gavras, Yves Boisset, Pierre Granier-Deferre et Alain Resnais. Bernard Kouchner était souvent là aussi. Quand Régis Debray a été libéré en décembre 1970 après avoir été arrêté et torturé en Bolivie alors qu'il s'était engagé auprès de Che Guevara, nous l'avons accueilli à bras ouverts. Il a vécu dans la chambre de bonne de l'appartement de Simone. J'enviais l'aura d'ancien révolutionnaire et prisonnier dont Régis bénéficiait. Il en avait récolté des amours passagères flatteuses : Jane Fonda, Joan Baez. Je me souviens m'être dit affectueusement : « Trois années de prison, d'accord, mais quelle récompense ! » Nous représentions une gauche qui annonçait la gauche bobo, les indignés de la société. Notre groupe discutait avec Michel Foucault. Yves et Simone passaient pour avoir appartenu au Parti communiste, ce qui n'a jamais été le cas, même s'ils avaient été proches du Parti. À partir du printemps de Prague en 1968 et de l'invasion de la Tchécoslovaquie par les troupes soviétiques, ils ont l'un et l'autre compris que le Parti n'était pas ce qu'ils croyaient. Communistes de cœur, ils ont rejeté le stalinisme. Leur parcours a été plus qu'honorable. Nous nous préoccupions des Droits de l'homme, des gens emprisonnés, il y avait tant de causes à défendre. Montand et Semprún avaient organisé un voyage à Madrid sous

Franco, dans l'espoir qu'un militant ne soit pas garrotté. En vain.

Dans cette communauté amicale, on tutoyait les employés d'Yves et Simone, Georges le chauffeur et Marcelle la cuisinière d'Autheuil, et on les appelait par leur prénom. Il était parfois difficile de deviner qui était au service de qui et qui faisait quoi. Ainsi, Yves avait un pianiste, Bob Castella, qui était à la fois chauffeur, garde du corps, secrétaire. Tout était mélangé dans cette famille. Il y avait des gens dévoués, rudoyés, aimés, qu'on ne laissait jamais tomber. Quand des tensions apparaissaient, chacun tenait son emploi : la comédienne, le chanteur, l'intellectuel, le chauffeur. Moi, l'avocat, je réglais les problèmes. Je me souviens m'être occupé d'un procès en diffamation pour Simone, contre une grande dame de la radio, Agathe Gaillard. Montand m'a sollicité plus tard quand il est devenu père.

Rousseau écrit dans ses *Mémoires* que le génie de Madame de Warens consistait à faire en sorte que les gens qu'elle aimait s'aiment entre eux. Simone avait ce pouvoir-là : à sa manière, elle avait le rôle de certaines dames qui tenaient salon à la fin du XVIIIe siècle, le militantisme en plus. Malheureusement, elle buvait trop. J'ai vu le moment où elle a renoncé, comme si elle avait décidé qu'il ne valait plus la peine d'essayer de figurer dans la caravane des jolies femmes. Montand en ferait ce qu'il voudrait, c'était ainsi.

Lors de son enterrement au Père-Lachaise à l'automne 1985, j'ai été surpris par la brièveté de la cérémonie. Yves et Catherine la fille de Simone sont arrivés en voiture et repartis très vite, il n'y a pas eu de prises de parole. En rentrant avec Serge July, le patron de *Libération*, je lui ai dit que je trouvais triste que personne n'ait dit un mot. Il m'a proposé de faire un petit article pour le *Libé* du lendemain. J'ai écrit quelque chose comme : « Simone, désormais plus personne ne sera là pour nous téléphoner à n'importe quelle heure du jour et de la nuit pour nous parler d'une cause et nous dire : Sortez de votre léthargie, bougez-vous, il faut faire quelque chose ! »

Pierre Goldman

J'ai entendu parler de Pierre Goldman pour la première fois par Simone Signoret. Comme toute une partie de la gauche intellectuelle, elle avait pris fait et cause pour ce jeune homme ténébreux qui incarnait la mythologie révolutionnaire de l'époque : ancien étudiant à la Sorbonne, il avait été membre de divers services d'ordre de mouvements d'extrême gauche pendant les événements de mai 68. C'était un guérillero qui s'était battu au Venezuela, qui était passé par Cuba, il était le symbole d'une gauche dure et romanesque à la fois. De retour en France en 1969, il avait commis une série de vols à main armée. Il était poursuivi pour plusieurs crimes et délits de droit commun : l'agression d'un payeur de cotisations familiales, deux attaques de pharmacies dont l'une suivie d'un double meurtre, un braquage au siège d'une société de mode. Ce n'était pas un client ordinaire. De grands délinquants qui sont aussi des intellectuels, je n'en ai pas croisé beaucoup dans ma vie. Lui-même se plaçait dans la lignée de Marcel Rajman, l'un des jeunes résistants de l'Affiche rouge fusillé pendant la guerre. Il se considérait comme un héros.

Goldman bénéficiait d'un puissant comité de soutien composé de Jean-Paul Sartre, Simone de Beauvoir, Régis Debray et il était devenu une sorte d'icône. Son premier procès avait fait grand bruit. Il avait été condamné à perpétuité par la cour d'assises de Paris le 14 décembre 1974, notamment pour le meurtre de deux pharmaciennes lors du braquage du boulevard Richard-Lenoir qui avait mal tourné. Le président de la cour d'assises avait répondu aux avocats qui lui reprochaient cette condamnation : « Moi je lui ai évité la peine de mort. Et vous ? Il fallait mieux le défendre. » En prison, Pierre Goldman avait repris ses études, il avait obtenu une maîtrise d'espagnol et il préparait une thèse de doctorat en philosophie. Surtout, il avait écrit un livre, *Souvenirs obscurs d'un juif polonais né en France*, un texte de grande qualité dans lequel il proclamait son innocence.

Après cette condamnation, incarcéré à Fresnes, il fait appel à moi sur le conseil de deux de ses amis, Marianne Merleau-Ponty et Étienne Grumbach, un avocat très brillant de droit social que je ne connaissais pas alors. Il avait déjà toute une panoplie d'avocats dont Émile Pollak, talentueux avocat du barreau marseillais rendu célèbre par l'affaire Dominici, mais il n'était jamais satisfait. C'était un homme très intelligent, au caractère difficile, qui s'emportait facilement.

Quand il me pressent, en 1975, je suis surtout connu dans les milieux intellectuels. C'est à cette époque que *Le Canard enchaîné* se moque de moi en m'appelant « l'avocat chic de la rue de Tournon », l'adresse où se trouvait alors mon cabinet. Goldman estimait qu'il fallait transformer sa défense de criminel de droit commun en celle d'un révolutionnaire. Il comprenait qu'il lui fallait un avocat qui ne soit pas considéré comme un pénaliste pur et qui ait un certain crédit moral. À l'époque, il n'y avait pas d'appel des verdicts de la cour d'assises, le seul recours possible était la cassation.

Notre première rencontre a lieu à la prison de Fresnes. Elle se déroule bien, mais je suis sur mes gardes : « Si je m'occupe de vous, cela suppose que l'on réexamine le dossier ensemble. » J'ai lu son livre, bien sûr, mais je lui dis qu'il y a quand même un travail considérable à faire car, qu'il le veuille ou non, son dossier est lourd. Sur une liste de douze méfaits ou crimes, il en reconnaît onze. Il assume sa responsabilité en tout, sauf ce qui concerne les meurtres des pharmaciennes. Parmi les faits que Goldman admet, il y a l'attaque d'une autre pharmacie, qui s'est déroulée selon un *modus operandi* qui ressemble à l'affaire du boulevard Richard-Lenoir. Cela fait beaucoup d'éléments contre lui. À cela s'ajoute le témoignage du policier blessé après l'attaque de la pharmacie qui affirme le reconnaître sans ambiguïté. J'insiste donc : « Il faut que l'on regarde vous et moi comment ces charges peuvent être combattues pied à pied. »

Il me fait l'effet d'un homme plein de charme, souriant, très sûr de lui et n'ayant pas l'air embarrassé par sa culpabilité éventuelle. Il semble qu'il ait juré à son père – les uns disent sur les morts d'Auschwitz, les autres sur une mezouzah – être innocent. Quand son père viendra me voir, il me confiera : « Je suis intervenu auprès d'André Malraux, de résistant à résistant. Je sais que vous le connaissez. Dites-lui bien que, si je ne croyais pas à l'innocence de mon fils, je ne me serais jamais permis de faire une telle démarche auprès de lui. » Lorsque j'en parle à Malraux, dont je suis l'avocat à l'époque, il me répond d'un air ironique : « Ah oui ? Et pourquoi ? » Sous-entendu, « un père se doit d'intervenir, même sachant son fils coupable ».

Toujours est-il qu'à la surprise générale, la Cour de cassation, présidée par M. Combaldieu, casse le 20 novembre 1975 l'arrêt de la cour d'assises sur un motif qu'elle n'a jamais admis jusque-là, à savoir l'absence de date sur le procès-verbal des débats. C'est miraculeux, un nouveau procès va avoir lieu.

Je visite régulièrement Pierre Goldman en prison pour préparer avec lui sa défense. Je travaille avec acharnement, bénévolement, cela va de soi. Montre en main, j'effectue le trajet qu'il aurait emprunté au moment des faits pour aller chez un ami, ce qui constituerait son alibi. Je lui pose des questions, je lui fais des objections, des remarques. Il s'en irrite, estime que je doute de lui, menace régulièrement de me renvoyer et se montre insultant. Je lui fais part de mon agacement dans un courrier : « Je ne saurais accepter que vous me parliez sur ce ton (...) si vous pensez vraiment que “moins on écoute les avocats mieux on s’en trouve”, je peux vous éviter de me dessaisir en renonçant à une défense que vous estimez d’ores et déjà inutile. Que souhaitez-vous exactement ? » Il se calme un temps, puis me provoque à nouveau. Nos relations sont à la fois respectueuses et houleuses. Finalement, fin mars 1976, il m’envoie une lettre pompeuse expliquant que la seule liberté qui reste à un détenu est de renvoyer son avocat et qu’il met fin à mes fonctions auprès de lui. Il ajoute qu’il souhaite solliciter Tiennot Grumbach pour prendre le relais. Il ne supporte pas que je ne sois pas dans l’adhésion aveugle, il m’accuse à nouveau de ne pas croire ce qu’il dit. Or, je ne raisonne pas comme cela. Sur cette affaire comme sur les autres, j’estime que mon rôle en tant qu’avocat est de savoir si un doute est possible, et pour y parvenir, il faut que je montre dans un premier temps que toutes les charges sont plus fragiles qu’il n’y paraît. Je suis blessé d’avoir été renvoyé car il ne peut pas s’empêcher d’écrire que j’éprouvais « un subtil plaisir » à ses malheurs, ce qui était totalement faux.

Entre-temps, il informe Émile Pollak de sa décision. Ce dernier, qui m’a déjà entendu plaider devant la chambre d’accusation dans une autre affaire, lui explique en substance : « Mon cher Goldman, si vous renvoyez Kiejman, c’est très bien pour moi, mais pour vous, je ne suis pas sûr. » Aucun autre avocat, je pense, n'aurait agi d'une manière aussi élégante dans une affaire que tout pénaliste aurait souhaité plaider. Goldman est assez ébranlé par ce courrier et je reçois deux jours plus tard les mots suivants : « Cher Georges, je vous confirme par la présente que j'annule ma décision antérieure et vous demande de ne pas vous dessaisir de ma défense. Bien à vous et à bientôt. » Je considère cette vague lettre d'excuses comme suffisante et je retourne le voir.

La préparation du second procès dure plusieurs mois. C'est l'époque de mes amours multiples : je suis marié à Marie-France, j'ai une relation tendre avec Marlène Jobert et une autre avec une de mes jeunes consœurs. Une période très compliquée sentimentalement, c'est le moins que l'on puisse dire. Néanmoins, une fois que je suis dans mon dossier, je ne pense qu'à ça. Et comme je loge dans un hôtel à Amiens, je reste concentré.

Il y a une énorme pression autour de ce procès qui devient un enjeu politique. Tout le monde a son avis sur la culpabilité de mon client. Cela dépasse les clivages droite-gauche tant la personnalité de Pierre Goldman subjugue. Serge July et la moitié de la rédaction de *Libération* se sont déplacés pour suivre les débats. Un homme de droite comme l'écrivain Jean Dutourd assure dans les colonnes de *France-Soir* que l'homme qui a écrit un tel livre ne peut pas être coupable. Pour lui, le talent d'écriture de Goldman en fait un innocent. Toutes les nuits, je prépare la journée du lendemain. Les audiences durent du matin jusqu'au soir. Le jour de la plaidoirie, j'aurai tellement donné de moi-même, je serai si épuisé que j'en perdrai la voix et qu'on devra me donner un micro. Heureusement, tout s'est joué avant les plaidoiries.

Le procès a duré très longtemps, une dizaine de jours, pendant lesquels la presse le suit quotidiennement et met en lumière tout ce qui s'y passe. Goldman reconnaît tous ses méfaits, il ne conteste que le double meurtre du boulevard Richard-Lenoir et la tentative de meurtre sur un jeune policier qui s'est opposé à l'agresseur. Il a été reconnu sur les lieux par des gens qui l'auraient vu courir dans le noir. Et enfin, il a été identifié au cours d'un « tapissage », notamment par le policier qui avait été blessé ce jour-là. J'ai instillé le doute sur la fiabilité des souvenirs des témoins lors d'interrogatoires très poussés. J'ai surtout mis en doute ce fameux « tapissage », c'est-à-dire l'identification de Goldman au milieu de six policiers. D'habitude, les tapissages sont photographiés et là, comme par hasard, l'appareil photographique n'avait pas fonctionné. La photo de Goldman au milieu des policiers n'existait donc pas. Comme je dispose des identités des policiers, je les fais citer en tant que témoins au procès. J'explique à Francis Chouraqui, le jeune avocat très lié à Goldman qui m'assiste : « Nous avons peu de temps, nous sommes à trois jours du procès, mais ça aurait été bien de se procurer la petite photo du dossier où l'on voit Goldman à son arrivée quai des Orfèvres. » Francis réussit à mettre la main sur cette photo dont j'ai pu disposer pendant une nuit. Je demande alors à l'un de mes amis, Walter Carone, photographe à *Paris-Match*, de l'agrandir. Il travaille formidablement : de cette photo minuscule, il fait une photo grandeur nature qu'on a collée sur un grand panneau de bois. Francis a ensuite remis la petite photo dans le dossier de la cour. Je n'ai jamais su comment il était parvenu à la sortir. Le premier jour, on cache notre mannequin de bois enveloppé dans du papier kraft sous un banc du tribunal. Le jour arrive où les six policiers du tapissage témoignent. Je demande au président qu'il les fasse mettre côte à côte, comme ils l'étaient le jour de l'identification. Au cours du procès, Goldman arborait une mise très convenable, bourgeoise même avec un costume-cravate, ne ressemblant ni de près ni de loin à cette photo sur laquelle il n'était pas rasé et portait une chemise déchirée, une espèce de caftan fripé et des chaussures sans lacets. À ce moment-là, de façon spectaculaire, je sors la planche de sous le banc, je déchire le papier kraft, je saisis le panneau et je vais le planter au milieu des policiers venus avec leurs costumes du dimanche. J'interpelle alors la cour et les jurés : « Si vous deviez choisir un coupable parmi ces sept personnes, qui désigneriez-vous ? » L'effet a été immédiat. Un brouhaha et des murmures ont envahi la salle. J'avais réussi à semer la confusion dans les esprits, à instiller le doute sur son identification, donc sur la présence de Pierre Goldman sur les lieux du crime et sur son implication dans les morts de Richard-Lenoir. Le 4 mai 1976, il est acquitté par la cour d'assises de la Somme des meurtres des deux pharmaciennes, et condamné à douze ans de prison pour les autres vols à main armée.

Le mérite de son acquittement m'a été largement attribué. Ce verdict a marqué une étape fondamentale dans ma vie d'avocat. Pendant le procès, j'étais sollicité de toutes parts. Comme je l'ai souvent dit en plaisantant : c'est la seule fois de ma vie où j'ai compris ce qu'était le quotidien d'un membre des Beatles !

À sa manière, Pierre Goldman m'a été reconnaissant. Quand je suis allé le voir ensuite à la prison d'Amiens, il m'a offert deux cadeaux : la photo du combattant Marcel Rajman dont il ne se séparait jamais, et le numéro du journal *Le Petit Parisien* qui relatait l'exécution des résistants de l'Affiche rouge. C'étaient des objets fétiches pour lui, j'ai mesuré ce que cela représentait de me les donner. Par le jeu des réductions de peine et une décision du garde des Sceaux de l'époque, Olivier Guichard, il est sorti de prison le 5 octobre 1976.

Peu de temps après, j'ai organisé un dîner avec mon ami Roman Polanski. Roman ne s'intéressait pas spécialement à cette histoire, mais je l'ai convaincu de rencontrer Goldman. Je lui ai dit qu'il avait écrit ce très bon livre, *Souvenirs obscurs d'un juif polonais né en France* et lui ai suggéré, en blaguant, que l'on constitue tous les trois les bases d'un club de juifs polonais nés en France !

Je réserve une table chez Olympe, l'endroit à la mode à ce moment-là, rue du Montparnasse, nous arrivons avec Roman, nous attendons trois quarts d'heure, pas de Goldman. Finalement, nous dînons tous les deux et une heure après, un serveur arrive avec un téléphone. C'est Pierre qui me dit : « Je ne viendrai pas, je ne veux pas que Polanski me vole mon histoire. » Ce n'était ni de près, ni de loin dans les intentions de Roman, mais l'anecdote illustre bien la paranoïa de mon client. Par la suite, il se fâchera avec moi parce qu'il ne supportait pas que quiconque puisse dire qu'il me devait beaucoup. Il était vraiment compliqué, très narcissique. Un jour, il est venu à mon bureau alors que je n'y étais pas, s'est installé dans mon fauteuil et a dicté un tombereau d'injures sur mon dictaphone. C'est aussi à cette époque qu'il a voulu m'emprunter 10 000 francs qu'il devait à une prostituée.

J'ai très mal pris, comme beaucoup de ses soutiens, la publication de son deuxième livre, *L'Ordinaire Mésaventure d'Archibald Rapoport*, une fiction dans laquelle il joue avec l'idée qu'il serait en fait coupable. Il avait beau clamer qu'il s'agissait d'un roman, j'ai ressenti un énorme malaise. Je pourrais avoir des remords, penser que le meurtre de ces deux jeunes femmes est resté impuni, mais je ne peux pas me le dire, car le rôle de l'avocat n'est pas de rendre le jugement, ni de prouver une innocence mais d'établir que les preuves de la culpabilité n'ont pas été apportées et laisser la place au doute raisonnable. C'est ce que j'ai fait.

Le 20 septembre 1979, alors qu'il allait rejoindre son ami Pierre Bénichou, il a été assassiné en pleine rue, peut-être par un groupe de policiers d'extrême droite qui ne supportait pas qu'il ait été acquitté. L'enquête sur cette mort n'a jamais abouti et Pierre Goldman est resté une figure romantique et révolutionnaire.

Plaider

Qu'est-ce qu'un bon avocat ? Plus de soixante ans après avoir commencé à exercer cette profession, je m'interroge encore tant la réponse est complexe, floue, multiple et incertaine. Peut-être pourrait-on commencer par tenter de définir ce que serait un mauvais avocat. Selon moi, quiconque se dirait « j'ai appris le droit, je vais l'utiliser pour me mettre au service de gens qui ne le connaissent pas, que ce soit dans des affaires civiles, commerciales ou pénales, et cela va me rapporter de l'argent », se trompe. Il connaîtra peut-être des succès, mais il ne sera jamais un grand avocat. Un « grand avocat », à supposer que ce statut existe, est quelqu'un qui, au-delà des personnes physiques dont il s'occupe, a le sentiment de servir une cause que l'on pourrait appeler la démocratie.

Il n'en reste pas moins qu'être avocat et de gauche est une contradiction permanente. Être de gauche, c'est accepter que l'État joue un rôle fondamental dans la défense de l'intérêt général. Or être avocat, c'est être convaincu de la nécessité de défendre les individus face à la toute-puissance de l'État. Les avocats de gauche doivent s'accommoder de cette difficulté qui consiste à défendre un individu face à un État dont ils ne contestent pas la légitimité. Évidemment, pour quelqu'un comme Jacques Vergès, le positionnement à gauche était plus facile car il s'opposait à la légitimité même du système démocratique.

En dehors de toutes considérations politiques, il y a une énergie que l'on met au service de son client qui n'est pas la même selon que l'on ressent ou pas de l'empathie pour lui. Il faut pouvoir se mettre à la place de celui que l'on défend, sans forcément l'approuver, mais au moins essayer de comprendre comment il en est venu à faire ce qu'il a fait, comment il a été dominé par son geste, comment il a pu le préméditer, tout ce qui restitue le cheminement d'un homme et qui ne peut pas être réduit à l'acte pour lequel on le poursuit. Il s'agit d'être dans un état d'esprit où, sans se confondre avec la personne que l'on défend, on peut appréhender la démarche qui l'a conduite à l'acte. Ou au contraire, si l'on est partie civile, montrer que les justifications que l'accusé se donne ne résistent pas à l'examen des faits. Lorsque je débutais, il y avait encore des gens poursuivis pour des faits de collaboration : je me sentais incapable de les défendre, je les envoyais vers un confrère. De même, je n'aurais pas pu défendre Mohamed Merah, l'assassin des enfants juifs de Toulouse en 2012. Je refusais également les accusés d'atteintes sexuelles ou de violences sur des enfants. Je n'aurais pas pu éprouver de la compréhension pour quelqu'un qui aurait justifié un viol ou qui aurait expliqué que la victime était consentante. Je trouve tout à fait normal que ces prévenus reçoivent l'aide d'avocats, mais je n'aurais pas pu être de ceux-là. Il ne faut pas accepter des défenses que l'on ne sent pas. Certains confrères considèrent au contraire qu'il s'agit d'un défi et que plus c'est difficile, plus il faut accepter. Je n'ai jamais eu envie d'être aux côtés d'un tueur en série, ça ne m'aurait pas intéressé. En revanche, j'ai la conviction que le crime est un accident auquel chacun peut se retrouver mêlé et si celui qui l'a commis me paraît mériter attention, j'accepte de le défendre. Tout le monde peut, un jour, dans sa vie, être confronté à une situation dramatique et même tuer. C'est une question de circonstances, je parle là de meurtres sans préméditation bien entendu.

Ai-je été un bon avocat ? On l'a dit et j'ai la faiblesse de le croire. J'ai été l'un de ceux qui savent que, lorsque l'on plaide, il est déjà trop tard, tout est en place dans la tête des jurés. Dans les procès d'assises, beaucoup ont tendance à penser que l'essentiel se joue au moment de la plaidoirie. Or, les grands avocats sont des débatteurs, ceux qui savent intervenir au bon moment dans l'audition d'un témoin, soulever une contradiction, insister sur un point qui peut sembler mineur. Ce n'est pas aisé car en France, nous sommes censés poser des questions par l'intermédiaire du président, mais pas les développer. Un bon avocat est celui qui connaît le mieux les tenants et les aboutissants du dossier, qui repère les failles et maîtrise les moindres détails. C'est aussi quelqu'un qui a un sens de la psychologie, qui est capable de montrer sous le jour le plus favorable le comportement de son client ou sa cliente. L'avocat doit rendre clair ce qui est obscur : si vous éclairez, vous conduisez à l'indulgence ou, en sens inverse, comme partie civile, à la condamnation et vous vous rapprochez du juste. On ne peut pas condamner dans l'ignorance.

L'éloquence ne nuit pas évidemment, car il faut être suffisamment limpide pour être compris, quoique de manière assez compliquée pour que cela flatte celui qui a compris. En résumé, utiliser un langage pertinent au service des faits. Un discours parfait qui s'enroulerait sur lui-même comme des volutes de fumée ne servirait à rien. La cour d'assises est le lieu où le verbe de l'avocat prend toute son importance, en bien comme en mal. Une erreur de la part d'un défenseur peut précipiter la chute de son client tandis qu'un mot juste peut le sauver d'une situation désespérée. Il est également nécessaire d'être en phase avec les idées du temps : on ne plaide pas aujourd'hui devant un jury mixte de la même manière qu'il y a trente ans devant un jury d'hommes. Il faut sentir la sensibilité de chaque juré, deviner à quoi il va accorder de l'importance dans l'appréciation de la peine. Plus les débats sont longs, plus se crée une sorte de lien entre le jury et vous. Les jurés n'ont pas tous les mêmes valeurs. Un jury est composé de pulsions contraires. Il est difficile de savoir qui sera à même de partager un sentiment comme le désespoir. C'est ce qui rend notre intervention si délicate et passionnante à la fois. Il ne faut pas nier qu'il existe une justice de classe. Les jurés et l'opinion ont tendance à considérer que les crimes financiers comme la fraude fiscale sont moins graves que le vol d'un bien matériel, qui se pratique généralement dans les milieux les plus défavorisés.

Les médias peuvent jouer un rôle important, même si je n'aime pas les avocats qui manipulent les journalistes avant même le procès. On a dit que je savais les utiliser. Dans le procès Goldman, ils ont relayé mes efforts et avant même le procès, en ont fait un personnage romanesque. Il est nécessaire de donner à la presse des arguments aussi forts que ceux que l'on développe dans le tribunal. Pour finir, il ne faut évidemment pas négliger les magistrats. Certains arguments ne touchent qu'eux, ceux qui relèvent du droit pur par exemple.

On demande souvent aux avocats : « Comment pouvez-vous soutenir que quelqu'un est innocent si vous le savez coupable ? » Cette question ne se pose pas. Je constate qu'un accusé ne nous dit jamais toute la vérité. À moi, en tout cas, on ne me l'a jamais dite. Lorsque l'on m'interroge ainsi, je réponds que mon travail consiste à examiner rationnellement si les charges qui pèsent contre l'accusé résistent à tout. Si j'ai un doute, je fais partager mon doute. Si j'ai une conviction, je fais partager ma conviction. Les coupables disent rarement à leurs avocats qu'ils sont coupables, sauf quand les faits ont été établis. Si la dénégation est impossible, si elle revient à nier l'évidence, il est un devoir de dire à son client :

« Cela ne vous mènera nulle part donc je renonce, trouvez quelqu'un d'autre. » Par moment, la situation devient intenable. Il y a des limites de l'ordre de la morale ou de la déontologie à ne pas dépasser. Il faut exclure le cynisme. Soutenir des causes auxquelles on ne croit pas n'est pas efficace. En revanche, si le raisonnement tenu peut créer un doute, l'avocat doit se mettre au service de ce doute. Il le peut d'autant plus qu'il a un minimum d'empathie pour la personne.

Je me suis toujours interrogé sur la vraisemblance. Je me refuse à soutenir l'invraisemblable. Parfois, on se trouve à la frontière. Dans l'affaire Goldman, nous étions face à des charges extrêmement sérieuses qu'il fallait discuter farouchement, mais on pouvait le faire. Parfois, tout repose sur l'intention : est-ce que le fait reproché a été accidentel, voulu ou prémédité ? Le meurtre, c'est donner la mort volontairement. L'assassinat, c'est la préméditer. Souvent, des accusés disent : « Je l'ai fait, mais je ne l'ai pas voulu », c'est une nuance de taille. Les mobiles aussi sont très importants : un mobile vénal, la jalousie, le désespoir, ne produisent pas les mêmes effets sur la Cour.

Ce n'est finalement pas la vérité qui est essentielle, c'est la certitude. La vérité, c'est ce qui a eu lieu et que personne d'autre que ceux qui ont agi ne peut connaître. La certitude, c'est la conviction qui naît de la présentation des preuves. Or l'avocat défenseur est là pour examiner la solidité des preuves et s'il peut les mettre en doute, cela suffit pour faire acquitter. S'il est partie civile, son objectif est de montrer que les charges sont véritablement constituées par des preuves indiscutables.

Le rôle de l'avocat n'est pas de prouver l'innocence de son client. Il est là pour expliquer son geste, lui donner une dimension humaine ou contester le fait que le crime soit prouvé de manière suffisamment certaine. Vous pouvez très bien vous dire, dans votre for intérieur : c'est possible qu'il l'ait fait, mais il n'y a aucune certitude. Mon devoir, c'est de dire : « Il n'y a aucune certitude. » Il m'est arrivé après – jamais pendant – de changer d'avis sur la vérité d'une affaire. J'en ai ressenti beaucoup de malaise et d'inconfort, d'autant qu'on ne peut s'ouvrir à personne de ses doutes. Le secret professionnel demeure, même lorsque le dossier est clos.

Je ne rédige jamais ce que j'ai l'intention de plaider car je ne veux pas être prisonnier d'une forme. Je n'écris pas mes plaidoiries, je me contente de noter quelques mots ou idées clés sur des fiches bristol pour ne rien oublier. Je fais l'inventaire de toutes les cartes qui seront nécessaires dans mon jeu en me réservant la liberté d'abattre celles qui me paraîtront appropriées. Quand j'ai oublié de me servir de l'une d'elles, je me console en me disant que c'était probablement mieux ainsi. Maurice Garçon, le grand avocat de l'après-guerre, m'avait expliqué qu'il rédigeait minutieusement ses plaidoiries dans des cahiers. J'en avais été très étonné. J'ai toujours pensé qu'une plaidoirie apprise par cœur limitait la liberté de l'orateur davantage préoccupé par l'effort de mémoire que par la sincérité du moment. Je me méfie de l'écriture parce que je n'arrive pas à avoir dans un texte écrit la distance ironique que je peux conserver dans la vie. La parole est mon atout le plus précieux. Je ne rédige rien, mais je pense beaucoup, en amont, à ce que je veux faire partager et les formulations jaillissent ensuite naturellement. Pierre Mendès France n'était pas un orateur hors pair sur les tréteaux politiques, mais ce qu'il disait, avec beaucoup de naturel et de clarté, on pouvait être sûr qu'il le pensait. Je me suis, comme lui, toujours appliqué à ne jamais rien dire d'autre que ce que je pense.

René Moatti, mon premier maître, a également eu une forte influence sur moi car il ne se laissait pas impressionner par les tribunaux, ni par ses confrères. Il m'a transmis l'idée qu'il faut assumer avec énergie ce que l'on fait. Je ne suis pas dans la provocation vis-à-vis des magistrats, mais je pense qu'il faut être ferme dans certaines circonstances. Eux aussi sont pris dans des mécanismes psychologiques et des préjugés. Bien que cela ne soit plus considéré comme tel par les magistrats, on dit que les avocats sont des auxiliaires de justice. J'aime cette expression : un avocat est quelqu'un qui doit se battre pour obtenir une décision juste. Il existe une immense satisfaction intellectuelle dans l'art de la nuance et de la démonstration. Voir les gens douter ou changer d'avis est une récompense. Mais les avocats ne sont pas des robots, il arrive que l'on soit débordé par sa subjectivité. Dans l'affaire Maurice Agnelet, l'accusé du meurtre d'Agnès Le Roux m'était si antipathique que cela se traduisait dans mon comportement de partie civile, j'étais de plus en plus agressif à son égard.

J'ai la réputation d'être féroce dans les prétoires. Souvent on me dit que j'ai été dur, implacable dans un débat ou une discussion, mais je ne m'en rends pas compte. La formule piquante me vient spontanément. J'ai l'ironie à fleur de peau, corrigée par l'humour que je retourne très souvent contre moi. J'ai pu être insolent, vif, railleur, méprisant même. Poursuivi un jour par le conseil de l'Ordre pour avoir dit à un confrère qu'il était un « crétin », j'ai déclaré que je ne pouvais me rétracter car j'étais un amoureux de la vérité. J'ai toujours eu du mal à me priver d'une bonne formule.

Le baron Empain

La réalité dépasse souvent la fiction et c'est tout l'intérêt de mon métier de se retrouver plongé dans des histoires extraordinaires. Certaines affaires sont incontestablement plus stimulantes que d'autres et leur essence romanesque en préserve le souvenir. L'enlèvement, le 23 janvier 1978, du baron Empain, ce fils de famille belge et principal actionnaire d'un empire international, a été une incroyable aventure. Par un système de montages de holdings, avec finalement assez peu de capital, ce joueur de poker avait hérité du contrôle d'un groupe dont dépendait l'armement nucléaire français. Il en agaçait plus d'un et était certainement une préoccupation pour les services secrets qui voyaient d'un mauvais œil que ce freluquet ait autant de responsabilités. Enlevé à la sortie de son domicile parisien avenue Foch, il ne sera libéré que deux mois plus tard. Ses ravisseurs demandaient d'abord 80 millions de francs en échange de sa libération, une somme plus tard ramenée à 40 millions. La recherche des coupables a tenu la France en haleine, surtout après que ses geôliers l'ont amputé de la première phalange de son auriculaire gauche et l'avaient envoyé par la poste à sa famille qui rechignait à payer. Il a finalement été relâché après une fausse remise de rançon très bien organisée par la police.

Je me suis retrouvé en charge de la défense de l'un de ses ravisseurs, Alain Caillol, un personnage atypique et très intelligent. J'en garde le souvenir d'un épisode original dans mon parcours. Cette affaire a été une retombée indirecte du procès Goldman. Caillol se considérait comme un intellectuel et, comme Pierre Goldman, il prétendait avoir droit à un « avocat d'intellectuels ». C'était un fils de famille, son père était le propriétaire d'une chaîne qui s'appelait La Maison des bibliothèques. Ce père bourgeois très cossu avait épousé une Lorraine de condition sociale beaucoup plus modeste, et les trois enfants Caillol étaient convaincus que leur père méprisait leur mère. Alain tenait un discours psychanalytique à ce sujet et cultivait un ricanement sur les bourgeois en général. Il avait une sœur charmante qui s'était un peu dissipée du côté de Strasbourg, et un frère aîné, François, qui aurait participé à l'enlèvement. Leurs antécédents se résumaient à une ou deux histoires de « vols de briquets » comme ils disaient eux-mêmes, des méfaits sans grande portée. Alain Caillol avait tout de même participé à des braquages avec Jacques Mesrine et l'avait aidé à s'évader du tribunal de Compiègne en dissimulant des armes dans les toilettes. Il se disait davantage guidé par des convictions politiques que par l'appât du gain. J'ai accepté de le défendre parce que comme Goldman, il n'était pas un client banal. Pendant ses quatre années de détention provisoire à Fresnes, il avait étudié la littérature du XIXe siècle et rédigé un mémoire sur *Lamiel*, ce qui m'avait plu. Au début, il me payait un peu et en cours de route, il a cessé.

Il était considéré comme le cerveau de l'enlèvement et il risquait très gros. Il y avait une vague d'enlèvements à l'époque, dont celui de Mme Dassault, qui devait tant s'ennuyer dans la vie qu'elle n'avait pas caché, une fois libérée, s'être beaucoup amusée avec ses ravisseurs, jouant même aux cartes avec eux. Quoi qu'il en soit, la justice était bien décidée à porter un coup d'arrêt à ces pratiques.

Alain Caillol avait été arrêté dans des conditions invraisemblables : plusieurs tentatives de remise de rançon avaient eu lieu, dont l'une menée par Robert Badinter à Megève pour le compte de la famille Empain. Elles avaient toutes échoué. Finalement, un accord avait été trouvé pour un échange sur l'autoroute, près de Paris. Le plan des ravisseurs était le suivant : Caillol et l'un de ses copains qui conduisait la voiture devaient s'arrêter à un point précis devant une porte en fer sur le mur de droite. En l'ouvrant, on pouvait descendre sur une route qui filait en sens inverse. L'idée des ravisseurs était d'encaisser l'argent, de se précipiter vers cette porte, et de dégringoler le talus où les attendaient des complices. Évidemment, ça n'a pas marché et lorsqu'ils se sont arrêtés il y avait déjà des voitures de police devant et derrière eux. Une fusillade éclate, Alain Caillol est blessé au coude et sort en levant les mains, non armé. Les policiers, très énervés, l'emmènent au siège de la police judiciaire, appuient un peu sur son bras blessé dès qu'ils en ont l'occasion, histoire de le mettre en condition, et l'installent dans les bureaux du patron de la criminelle Pierre Ottavioli. Caillol raconte alors une histoire qu'il va essayer d'accréditer jusqu'au bout et que personne ne croira jamais, mais que je tenterai de soutenir en plaidant. Il explique que lui et ses amis se sont contentés de séquestrer le baron et que c'est une équipe qui n'avait rien à avoir avec le milieu qui l'a enlevé. Le commissaire l'autorise à passer un coup de téléphone depuis son bureau. Bien entendu, l'appareil est sur écoute. Caillol appelle ses complices et leur dit : « Tout a mal tourné, c'est foutu, relâchez-le. » Grâce à ce coup de fil, les policiers localisent l'endroit où Empain est retenu. Il était séquestré chez un proxénète, un personnage truculent qui vivait avec une professeure de lycée. Après le coup de téléphone de Caillol, les ravisseurs lâchent immédiatement Empain dans la nature en lui donnant un ticket de métro. Le baron entre dans un café de la place de la Nation. Il décline son identité. La police vient aussitôt le chercher.

Le procès a eu lieu en 1982. La justice n'a jamais pu déterminer les vrais responsables de l'enlèvement. La seule chose qu'ils ont pu prouver contre Caillol était la séquestration. Lui et sa bande soutenaient tout d'abord qu'ils ne se connaissaient pas les uns les autres. Le juge d'instruction avait apporté la preuve du contraire en découvrant dans une agence de voyages de banlieue, une commande groupée de billets d'avion pour un voyage aux Baléares qui avait servi à préparer l'opération. Dans cet avion, il y avait aussi une jeune femme coiffée d'une perruque qui n'avait pas été identifiée. C'était en fait la femme de Caillol, qui avait décidé de prendre son homme en filature convaincue qu'il partait avec une autre. Tout dans cette affaire était rocambolesque.

Au procès je suis venu, comme souvent, avec un objet significatif, en l'occurrence une maquette de l'autoroute pour tenter de convaincre que mon client ne pouvait pas avoir blessé un policier lors de la fusillade. Ce n'était évidemment pas lui, il n'avait pas d'arme et le coude fracassé, mais le président tenait à le charger et il a été très injustement condamné pour tentative d'homicide sur les forces de l'ordre. Je m'en suis voulu car quand quelqu'un est condamné pour avoir tiré sur les forces de l'ordre, ça le pénalise dans l'exécution de la peine. Je ne suis pas sûr d'avoir suffisamment bien plaidé pour Caillol. C'était le matin, je ne suis pas un homme du matin.

J'ai tenté de limiter les dégâts, de montrer qu'il avait tout fait pour rendre la détention du baron la plus humaine possible, j'ai essayé de le dégager de certains faits accablants comme le petit doigt coupé. Caillol avait préparé son discours freudien sur le thème « comment un fils de famille devient un petit truand », que le président n'a pas écouté du tout. Il a été condamné à vingt ans de réclusion, mais la perpétuité a été évitée.

Je suis allé le voir quelquefois en prison à Châteauroux, je lui ai même apporté un petit foie gras. En prison il ne perdait pas son temps, il faisait de l'informatique, jouait au tennis, rédigeait une thèse sur George Sand. Un jour, j'ai reçu la visite d'un des principaux lieutenants de la bande de Mesrine, pour me dire que Pierrette Caillol faisait des bêtises et qu'il fallait lui rappeler que, quand on a son homme en prison, on se calme. C'était vraiment un drôle de milieu. En prison, Caillol suivait également des cours de lettres avec une professeure d'université qu'il a séduite. Cette femme, qui est tombée éperdument amoureuse de lui, a quitté mari et enfants et pour vivre avec lui. Ils ont publié leur correspondance, puis il l'a abandonnée quand il a été libéré. Caillol a passé onze ans en prison, cela aurait calmé n'importe qui. Pas lui. Il s'est à nouveau retrouvé mêlé à une histoire de stupéfiants qui lui a valu huit ans de prison en 2001. Il a eu la délicatesse, dont je lui sais gré, de ne pas à nouveau faire appel à moi pour le défendre.

Le baron Empain, lui, a changé de vie après le procès. Il n'a pas pu reprendre ses fonctions dans la holding. Dépouillé de sa fortune, mais amoureux, il est devenu le personnage très attachant qu'il n'avait pas été. Nous nous sommes revus une fois, c'était agréable. Cet enlèvement a été une révélation pour lui : il a découvert que sa famille ne l'aimait pas. Il a écrit plus tard que seul son chien Love avait été heureux de le revoir vivant.

L'avocate au pistolet

Le lien client-avocat ne relève évidemment pas d'une relation classique. Si certaines personnes disparaissent de nos vies une fois le procès achevé ou la peine effectuée, parfois, des sentiments se nouent. Je suis devenu très ami avec Simone Signoret, comme je l'ai raconté, et j'ai continué à voir certains autres même lorsque je ne les représentais plus, comme ce fut le cas avec Pierre Goldman ou même Caillol. L'avocat en sait beaucoup sur celui qu'il défend, ses secrets de famille, ses terreurs intimes, ses traumatismes, ses amours illégitimes, ses mensonges et ses faiblesses. Lorsqu'un dossier est complexe, difficile à plaider, il se crée inévitablement une tension. Le prévenu compte énormément sur son avocat, parfois exagérément, il faut le rassurer sans lui promettre de miracle.

Un attachement mutuel, construit sur des affinités intellectuelles et des souvenirs communs, peut se tisser. Lorsque l'issue est positive, le succès renforce les liens. Dans certains cas, la relation avocat-client prend une tournure inattendue, irrationnelle, voire folle. Plusieurs défenses ont ainsi abouti à des mariages, comme celui du terroriste Carlos avec son avocate. Il ne m'est personnellement rien arrivé de tel, mais je me suis retrouvé à plaider pour une femme étonnante appelée « l'avocate au pistolet ». Cette affaire a eu un grand retentissement à l'époque.

Brigitte H., une jeune consœur, collaboratrice de Thierry Lévy, était l'une des avocates du dernier condamné à mort, Philippe Maurice. Le 24 février 1981, dans des circonstances assez confuses, alors qu'il attendait son exécution, elle lui a remis un pistolet automatique colt 45 à la prison de Fresnes, afin qu'il puisse s'évader. Philippe Maurice s'est jeté sur l'arme, a grièvement blessé à l'abdomen le gardien qui tentait de le maîtriser, sans parvenir néanmoins à s'échapper. Le gardien était un homme estimé de tous, y compris des prisonniers. Brigitte H. a été arrêtée peu de temps après car elle était la dernière à avoir vu le prisonnier. Le revolver lui avait été remis dans un paquet-cadeau par le frère de Philippe Maurice. Il se trouvait dans son porte-documents. Elle prétendait n'être au courant de rien, ne pas savoir ce qu'il y avait dedans. Le détenu, qui devait avoir été mis au courant par son frère, s'était saisi de sa sacoche et avait pris le paquet dont elle pensait, disait-elle, qu'il contenait un cadeau, une statuette. J'étais venu à la cour d'assises avec une petite statuette dans un sac pour démontrer aux jurés que l'hypothèse était plausible.

Lors de son arrestation qui avait fait beaucoup de bruit, elle avait été assez mal traitée par la police, humiliée même.

Dans ce type de dossier, on plaide à fond la personnalité, le doute sur les faits, on décrit la jeune femme un peu naïve qui a été piégée. Fille d'un marchand forain, Brigitte H. était fragile, sympathique et très romanesque. Sa mère était juive, la famille de celle-ci avait été massacrée, et on le lui avait toujours caché. Quand elle l'avait découvert, elle était partie en auto-stop en Israël. J'ai plaidé une psychologie tourmentée, une femme devenue avocate à force de travail et de mérite, qui avait commencé comme secrétaire aux prud'hommes avant de rejoindre le cabinet de Thierry Lévy.

Elle me compliquait la tâche car elle soutenait qu'elle connaissait à peine Philippe Maurice et son frère, alors que dans la salle où on les regroupait avant qu'ils entrent dans la cour d'assises, elle les embrassait sous le regard des gendarmes qui en faisaient rapport au Président. J'ai expliqué qu'elle s'était fait manipuler par le frère et ne savait pas qu'elle transportait un revolver. Les journaux avaient raconté qu'elle avait rusé pour ne pas passer le portillon de détecteur de métaux, ce qui était faux. Il n'y avait pas de portillon à Fresnes à l'entrée du bâtiment des condamnés à mort.

Philippe Maurice et son frère étaient poursuivis pour tentative de meurtre et elle, pour complicité. Le 17 février 1982, elle a été condamnée à cinq ans de réclusion, ce n'était pas un mauvais résultat. Elle a dû faire trois ans de prison et ensuite, après avoir été rayée du barreau, elle a très courageusement refait sa vie en écrivant dans diverses revues.

L'amitié

L'amitié, c'est traverser Paris pour aider quelqu'un, être disponible en toutes circonstances. On n'a pas tant d'amis que ça dans une vie. Mes copains d'enfance ont continué à m'accompagner même lorsqu'ils avaient disparu. Je me souviens encore avec nostalgie et le cœur serré de Raymond Hochman, mon camarade du lycée Voltaire qui comptait beaucoup pour moi et m'a ouvert l'horizon sur un autre monde possible. Sa famille était plus aisée que la mienne, il possédait des livres qu'il me prêtait, il pouvait emprunter la voiture de ses parents le samedi. Il est mort tragiquement d'un accident d'avion plus tard, mais nos déambulations joyeuses dans le quartier de Belleville se rappellent régulièrement à moi. Jeune étudiant, je sortais avec les amis de mon cousin René Urtreger, parmi lesquels figurait Claude Berri. Il avait deux ans de moins que moi, il m'avait aidé à trouver ce métier de cloueur de fourrure pour lequel je n'étais pas très doué. Nous avons partagé énormément de choses ensemble, soirées, virées, vacances, notamment lorsque j'étais marié avec Marie-France. Je l'aimais beaucoup, sa première épouse Anne-Marie Rassam aussi.

J'ai cru pouvoir considérer Claude comme un intime, je me suis sans doute trompé. Plus tard, en devenant un grand réalisateur et producteur, en s'enrichissant, il n'a plus pensé qu'à lui. L'amitié peut être aussi décevante que les histoires d'amour, elle peut même blesser davantage.

Dans ma vie, j'ai eu beaucoup d'amis plus âgés que moi, qui étaient des sortes de pères de substitution. J'ai déjà évoqué Jacques Saporta et Norbert Bensaïd. L'historien François Furet m'a gratifié lui aussi d'une affection particulière. Ce sont des hommes qui me défendaient auprès de mes détracteurs : « Georges n'est pas le personnage pédant auquel vous voudriez le réduire. » C'étaient des personnes qui, dans des domaines mineurs, comptaient sur moi alors que je comptais sur eux dans des domaines majeurs. C'est cela l'amitié, une générosité inégale et une manière de se comprendre à mi-mot. L'amitié, c'est également la bienveillance, que je distingue de l'indulgence. L'indulgence est une manière de considérer que les travers de l'autre ne sont pas si graves ; la bienveillance est une manière de ne pas voir les travers de l'autre.

Entre hommes, on ne se raconte pas les choses du cœur, de l'intimité, mais on peut, d'une manière plus ou moins ironique, se dévoiler à un ami. L'ironie est une forme de pudeur. L'amitié est une sorte de sympathie inconditionnelle, de promesse de solidarité aussi, de volonté de toujours essayer de trouver une explication honorable à un comportement complexe. L'amitié de quelques-uns m'a protégé de l'hostilité de beaucoup.

Le mystérieux Gérard Lebovici

Je ne peux pas aborder la question de l'amitié sans évoquer Gérard Lebovici. Gérard était un agent de cinéma qui avait formidablement réussi. Il était considéré comme le nabab du cinéma français. Agent de Jean-Paul Belmondo, Catherine Deneuve, François Truffaut, rien ne pouvait se faire sans lui à l'époque. Il était assez politisé, sympathisant social-démocrate, et m'avait aidé, en 1967, à monter cette représentation triomphale de soutien à Mendès France à Grenoble avec Brel et Reggiani. Nous nous étions rencontrés dans le petit monde du cinéma et nous sommes vite devenus très amis. J'étais témoin de son mariage avec Floriana, que j'avais connue alors que j'étais l'amant d'Ortensia, la « contessa rossa » que l'on l'appelait ainsi car elle était de cette grande bourgeoisie italienne proche du Parti communiste. À la fin des années 1960, avant de rencontrer Marie-France, nous allions en vacances à Porto Santo Stefano, entre Rome et Gênes, dans une propriété magnifique mise à la disposition de la tante d'Ortensia. Plus tard, nous passions des étés à

Saint-Tropez où Claude Berri louait une villa sublime. C'étaient des années folles emplies de bains de mer, de femmes étourdissantes et de soleil brûlant.

Un jour, Gérard s'est entiché de Guy Debord, tel Engels rencontrant Marx. Debord était un homme très intelligent et cultivé, complexe aussi, et il a trouvé en Gérard un ami et un financier totalement dévoué. Gérard continuait à être agent, distributeur et producteur de films importants et en même temps, le Engels de Debord. À cette époque, Lebovici avait créé une petite maison d'édition de l'ultra-gauche qui s'appelait Champ libre. Cette maison a réalisé des choses formidables, en publiant Bakounine ou George Orwell. Gérard était enflammé à la fois par les situationnistes et par les mouvements de libération de la tutelle communiste. Il publiait les brochures du GIP, le groupe d'information sur les prisons, animé par Foucault. Les acteurs et réalisateurs dont il s'occupait ignoraient tout de cela. Il y avait deux Gérard Lebovici.

Dans les années 1970, il m'a demandé de plaider pour Debord, ce que j'ai fait très volontiers. Debord et Gérard avaient décidé qu'il n'était pas question que les éditions Buchet-Chastel continuent à diffuser *La Société du spectacle*, le grand livre de Debord, et ils en ont publié une édition pirate. Évidemment, Buchet-Chastel a fait un procès et fait saisir les livres. J'ai obtenu la levée de la saisie, après quoi on a plaidé sur le fond et j'ai fait résilier le contrat initial. Debord, ravi, m'a écrit que j'étais le seul avocat situationniste qu'il connaissait. Puis les choses se sont envenimées.

Lorsque Gérard avait monté sa maison d'édition, j'étais intervenu auprès de Claude Gallimard pour que la Sodis prenne en charge la distribution de Champ libre. J'avais prévenu Gérard – pour qui je faisais tout cela amicalement – que Gallimard était mon principal client, et que s'ils entraient en conflit, je serais contraint d'être du côté de Gallimard.

Il décide un jour de lancer une édition complète d'un livre très important d'un dissident communiste : *Dix ans au pays du mensonge déconcertant*, un livre culte, dont l'auteur, Anton Ciliga, était un Croate ayant appartenu au Parti communiste yougoslave. Gallimard avait publié ce livre et avait cédé les droits en livre de poche à un autre de mes amis, Christian Bourgois, qui l'avait édité en 10/18. Une procédure a été intentée par Bourgois et Gallimard contre Gérard Lebovici qui a republié le texte de Ciliga sans en avoir le droit, et nous nous sommes retrouvés confrontés les uns aux autres.

À la même époque, j'avais eu le malheur de refuser à Guy Debord d'aller plaider pour lui une affaire familiale qui ne m'intéressait pas du tout. Du jour au lendemain, pour Debord, de génie je suis devenu un rien du tout. Gérard, oubliant nos conventions, a joué les indignés en disant partout que son propre avocat plaidait contre lui. Il se moquait du monde.

Debord m'a envoyé une lettre d'insultes, Gérard aussi, dans le style situationniste de l'époque. J'ai trouvé cela stupide d'autant que je le tenais pour un ami intime. Je me souviens lui avoir retourné une carte de visite à mon nom, avec écrit dessus à l'aide d'un porte-plume crachotant : « pauvre con ». Toute cette correspondance, y compris les lettres d'insultes, sera publiée plus tard dans Champ libre. Je pensais que cette sotte dispute se solderait vite, mais nous ne nous sommes jamais réconciliés. On ne se parlait plus alors qu'on habitait à quelques immeubles l'un de l'autre. Comme les amours, les amitiés se font et se défont sans qu'on y prenne garde.

Lorsque Gérard a été assassiné le 5 mars 1984, j'en ai été bouleversé. C'était une histoire de fou. Il dirigeait encore les bureaux d'Artmedia et il devait se rendre à un dîner le soir. Il a reçu un message de quelqu'un qui disait avoir besoin de lui parler de toute urgence, signé d'un prénom qui pouvait être celui d'un proche de Mesrine. Parmi les tocades de Gérard Lebovici, il y avait Mesrine et il s'était institué protecteur de sa fille. On l'a retrouvé mort dans un parking avenue Hoche près de la place de l'Étoile. Ce meurtre n'a jamais été élucidé. La fin de notre amitié non plus.

Ma mère

Jusqu'à sa mort en 1974, j'ai été éloigné de ma mère par un mur invisible. Pendant longtemps, d'une manière que je me reproche aujourd'hui, je lui en ai voulu d'être ce qu'elle était, inculte et illettrée. Quelques années après la guerre, elle est tombée dans une forme de démence, de délires de persécution que j'ai eu le plus grand mal à accepter. Parfois, elle hurlait, elle se promenait comme une folle en imperméable en plein été avec une lampe torche à la recherche d'ennemis invisibles. Elle croyait que les nazis, puis les Arabes, voulaient l'empoisonner par des gaz à travers des tuyaux. Tout cela me glaçait. Elle me forçait à vivre dans une culpabilité constante.

Au lieu de voir cela comme une maladie qu'il fallait combattre et soigner, je réagissais comme si ces symptômes étaient dirigés contre moi. Je la secouais. Je la houspillais, persuadé qu'elle y mettait de la mauvaise volonté. Entre ses crises, elle prenait des médicaments qui l'abrutissaient complètement et ce n'était guère mieux.

Avec mon ami médecin Norbert Bensaïd, nous avons réussi à l'emmener chez un psychiatre en lui faisant croire que c'était un spécialiste de l'estomac. Le médecin, qui ne savait rien d'elle et qui l'avait fait un peu parler, m'avait stupéfait en me disant que l'origine de sa folie était beaucoup plus ancienne que je ne le croyais. Il la datait du milieu des années 1930, donc de l'époque où mon père l'avait abandonnée. Elle n'a jamais réussi à faire face à ce nouveau drame après tout ce qu'elle avait déjà vécu, ses deux enfants morts, l'extrême misère, l'exil, la guerre.

Ma mère est certainement l'être dont j'ai été physiquement le plus proche et mentalement le plus éloigné. Elle n'était ni tactile, ni affectueuse, mais aurait voulu que je le sois avec elle. Il aurait fallu que je lui dise des mots doux comme « ma petite maman », que je trouve des expressions d'affection explicites. Elle souffrait beaucoup de ce manque de reconnaissance. La mienne se traduisait uniquement par des actes matériels. Quand je déjeunais avec elle le dimanche, je considérais que j'avais déjà fait un effort considérable. Ma mère n'a pas assisté à ma prestation de serment, ni à mon discours de la Conférence du stage, je ne lui en parlais même pas.

Je n'ai pas été un bon fils. Je le sais et cette idée me hante car pour moi cette femme a été essentielle. Elle a eu une vie faite d'humiliations, de difficultés matérielles atroces, auxquelles elle a fait face pour un fils qui a toujours su ce qu'il lui devait sans jamais pouvoir le lui exprimer.

Plus tard, lorsque j'ai gagné ma vie, j'ai veillé à ce qu'elle ait un quotidien confortable. Quand je la faisais changer de domicile, je croyais bien faire. Je m'imaginais que, parce que je la logeais dans de beaux quartiers, qu'elle avait une salle de bains, une télévision, je faisais mon devoir. Après mon premier mariage, elle a emménagé dans une petite rue près de chez moi, parallèle à la rue de l'Université, dans un appartement que je lui ai permis d'acheter rue Monttessuy. Ça a été une erreur de la sortir de son milieu bellevillois où elle avait ses habitudes et ses connaissances. Elle ne pouvait qu'être encore plus isolée dans un quartier qui n'était ni le sien ni son genre. Elle y a été heureuse quelques semaines et ensuite, plus du tout. Je ne la voyais pas beaucoup, je l'invitais de temps en temps au restaurant. Ensuite, elle a emménagé rue Saint-Dominique où elle s'ennuyait mortellement et enfin, du temps de Marie-France, elle est venue habiter l'appartement en face de chez nous, sur le palier. À chaque fois qu'elle changeait d'endroit, elle était folle de joie. Ses délires de persécution s'arrêtaient. Et puis ils recommençaient. Comme je ne m'occupais pas d'elle et qu'elle ne connaissait personne alentour, elle tournait en rond. Une nuit, elle a appelé ma secrétaire pour lui dire : « Annie, j'ai éteint toutes les lumières de mon appartement et pourtant, le compteur continue à tourner. Les Allemands ou les Arabes sont branchés sur mon électricité ! » Annie, adorable, s'est levée et s'est rendue rue Monttessuy avec son mari. Effectivement, le compteur continuait de faire du bruit alors que les lumières étaient éteintes. Le mari d'Annie a compris qu'il s'agissait du réfrigérateur, il l'a débranché et a montré à ma mère que le compteur s'était arrêté. Ça l'a calmée un moment. Ma mère avait préféré déranger ma secrétaire plutôt que moi, qui l'aurais rudoyée.

Beaucoup plus tard, j'ai vu le film de Mario Ruspoli, *La Fête prisonnière*, tourné dans un des premiers hôpitaux psychiatriques où l'on essayait de traiter les malades différemment, en leur permettant de sortir. La dernière phrase de ce film m'avait frappé : « Et finalement, si la folie ça n'était qu'un manque d'amitié ? » Je pense que ma mère a terriblement souffert d'un manque d'amitié, personne ne s'est jamais intéressé à elle. Elle est devenue folle par défaut d'affection, elle crevait de solitude. Quand elle me jugeait méchant, elle me répétait « plus tard, tu regretteras ». Trop tard.

Elle est morte en 1974. Nous sommes rentrés précipitamment de Cannes où je me trouvais avec Marie-France. Ma mère avait cru qu'elle souffrait d'un ulcère à l'estomac, mais elle avait fait des crises cardiaques à répétition. Bernard Kouchner, mon beau-frère à l'époque, l'a fait admettre à l'hôpital Cochin où elle s'est éteinte en vingt-quatre heures. L'infirmière attentive qui lui a fermé les yeux portait le même nom que la maîtresse de mon père. Là encore, l'ironie s'est glissée dans la tragédie intime.

Terrorisme

Le procès de Georges Ibrahim Abdallah dans lequel j'ai défendu le gouvernement américain et les victimes américaines d'actes terroristes reste, à mes yeux, le plus intéressant de tous ceux que j'ai plaidés. Certes, cette situation posait des interrogations à l'avocat de gauche que je suis. Je refuse de condamner le terrorisme en soi et je peux admettre qu'il puisse être l'arme ultime de certains. À l'époque, j'ai même assisté quelques intellectuels italiens proches des Brigades rouges comme Berardi dit « Bifo », Franco Piperno et Toni Negri, le philosophe italien qui a vécu en France plusieurs années. Leur extradition était demandée par l'Italie, ce à quoi Henri Leclerc et moi nous opposions. J'ai ainsi été poursuivi par le procureur général pour outrages envers les magistrats de la chambre d'accusation parce que j'avais dit que, si l'on voulait recréer les « sections spéciales » de Vichy, il suffirait de rebaptiser la chambre d'accusation. La doctrine Mitterrand se mettait alors en place. Il s'agissait d'autoriser un certain nombre de gens de la mouvance terroriste italienne n'ayant pas de sang sur les mains, à rester en France, une thèse défendue par mon cercle d'amis d'alors, dont Félix Guattari. En revanche, la question du terrorisme « hors des murs », qui consiste à se venger d'une situation locale en s'attaquant à d'autres pays que le sien, me semble injustifiable. Or l'affaire Abdallah était précisément celle d'un terrorisme « importé » en France. Le militant communiste libanais Georges Ibrahim Abdallah et son mouvement, la Fraction armée révolutionnaire libanaise (FARL), s'en prenaient en France aux symboles des États américain et israélien. En 1982, les FARL ont revendiqué l'assassinat du lieutenant-colonel Charles R. Ray, attaché militaire américain à Paris, ainsi que celui de Yacov Barsimentov, diplomate israélien. Ils ont tenté d'assassiner en 1981 l'ambassadeur américain par intérim à Paris Christian Chapman. Ils ont également gravement blessé Robert O. Homme, le consul des États-Unis à Strasbourg, et commis d'autres méfaits en Italie. Il sera plaidé plus tard qu'ils n'étaient pas à l'origine des grands actes terroristes de Paris, comme celui de la rue de Rennes ou de la rue des Rosiers. Il s'agissait en tout cas d'un commando opérationnel très efficace qui revendiquait ses actions en représailles à l'invasion de l'armée israélienne au Liban soutenue par les Américains.

Cette affaire m'arrive d'une façon totalement incompréhensible et inattendue. Au milieu des années 1980 – le procès aura lieu en 1987 –, je reçois un coup de téléphone mystérieux d'un homme qui me dit : « Je représente le ministère de la Justice américain, je voudrais éventuellement vous confier une affaire en son nom. Je ne peux pas venir à votre bureau. Par discrétion, voyons-nous ailleurs. » Il me donne rendez-vous dans sa voiture, en haut du faubourg Saint-Honoré. L'homme parle français avec un léger accent d'Europe centrale. Je me demande s'il ne s'agit pas d'un piège ourdi pour me ridiculiser. J'y vais quand même. Je bavarde effectivement dans une voiture avec un homme d'une soixantaine d'années qui m'explique qu'il est le représentant du ministère de la Justice américain pour l'Europe de l'Ouest, qu'il est basé à Vienne et que son gouvernement a pensé à moi pour un procès qui tourne mal, celui d'un terroriste qui serait un dirigeant des FARL. D'après les renseignements qu'ils détiennent, il peut s'en sortir par un non-lieu et être expulsé hors de France. À ce moment-là, Georges Ibrahim Abdallah est poursuivi comme dirigeant d'une organisation terroriste. Il a été mis en prison auparavant à Lyon pour un délit mineur. Mais la section antiterroriste du parquet soutient apparemment que les preuves de son implication dans les assassinats et les tentatives ne sont pas suffisantes.

Mon interlocuteur me demande si je suis prêt à représenter les intérêts américains. Je reste un peu méfiant et je demande une confirmation officielle. Il me répond que l'ambassade américaine à Paris va me contacter. Le lendemain, je reçois une belle lettre de l'ambassadeur, me disant que le gouvernement des États-Unis a l'honneur de retenir mes services dans cette affaire.

On m'envoie un secrétaire d'ambassade comme correspondant, dont je comprends très vite qu'il est en réalité le représentant des « services » américains. Un homme délicieux qui se pliera en quatre pour moi, mais qui disparaîtra le jour de l'arrêt de la cour d'assises. Il m'enverra un mot plus tard, charmant et élogieux, m'expliquant qu'on lui avait demandé de se mettre au vert. Il m'aidera à comprendre le dossier, à savoir qui est qui, à me procurer ce dont je peux avoir besoin, à organiser un voyage à Washington.

Comme c'est leur habitude, les Américains me questionnent sur mon tarif horaire, je leur dis que je n'en ai pas mais que, de temps en temps, je leur enverrai une note d'honoraires. Ils payent convenablement et sans excès. Quand, par la suite, j'ai demandé aux « services » à Washington comment ils avaient pu engager l'avocat des intellectuels italiens d'extrême gauche, ils se sont tapé sur les cuisses en riant, « no kidding ! », ça leur avait échappé !

Je vais voir le juge d'instruction, Gilles Boulouque, qui se révèle ouvert et intelligent. Il m'explique qu'il n'est pas un partisan du non-lieu, mais que le dossier manque de preuves consistantes. Tout ce que l'on a contre l'accusé, est qu'il a fréquenté un lieu de passage, où les agents de la DST ont retrouvé l'arme qui a tiré sur le colonel Ray, l'attaché militaire américain. Le ministre de l'Intérieur Charles Pasqua fait alors tout pour saboter cette affaire à travers des magistrats qui sont sur sa ligne. Il estime que, lorsque l'on détient des terroristes étrangers, il vaut mieux s'en débarrasser en les extradant. Tout ce qu'on leur demande, c'est de ne pas s'en prendre aux intérêts français. Le garde des Sceaux, Albin Chalandon, était beaucoup plus sensible aux arguments des Américains qui voulaient un jugement pour les crimes commis. Je lui demande d'obtenir du parquet, pas très coopératif jusque-là, qu'il fasse joindre les trois dossiers d'instruction qui ont de l'intérêt dans cette affaire : celui de Lyon où, pour un délit mineur, Georges Ibrahim Abdallah a été condamné, le dossier de Strasbourg qui concerne la tentative de meurtre du consul américain et le dossier de Paris. Rapprocher les trois affaires permet de réunir les éléments du puzzle. Ainsi, à Strasbourg, une carte de la ville avait été saisie où était indiqué, par un coup de crayon, l'endroit où on avait tiré sur le consul. Il apparaît qu'Abdallah est toujours dans les parages de chaque attaque. Finalement, en accord avec la chancellerie, le parquet est contraint de changer son fusil d'épaule et de poursuivre. C'est une première victoire. Le juge Boulouque mène l'instruction très honnêtement et très fermement. Abdallah est défendu par Jacques Vergès et un jeune avocat qui se révèle avoir donné à la DGSE des renseignements sur d'autres attentats qu'avait commencé à organiser son client, un scandale de tous les diables. Curieusement Vergès ne demande pas l'annulation de la procédure. On voyait aussi dans le dossier que Vergès faisait de nombreux déplacements dans les pays de l'Est. Si les juges avaient voulu le mettre en difficulté, ils auraient eu largement de quoi : on l'avait repéré à Prague, dans des endroits où il était proche de tous les réseaux terroristes palestiniens. De quoi risquer une accusation de complicité. Mais rien.

Je suis à l'origine de la nomination de Jacques Vergès comme premier secrétaire de la Conférence car j'admirais son caractère, son courage, sa culture générale et politique. C'était un homme qui sortait très nettement du lot des jeunes avocats et je l'aimais bien. Il avait eu une expérience militante longue et intense, il avait été secrétaire général de l'Union internationale des étudiants communistes, poste que l'on n'obtenait qu'en donnant des gages à Moscou. Puis, après ses combats très courageux pour le FLN, il avait été proche des mouvements communistes qui prenaient leurs distances avec Moscou, comme la Chine maoïste et Cuba. Il est toujours resté un personnage très romanesque et intrigant. Quand on me demandait ce que je pensais de lui, j'avais pris l'habitude de répondre : « Un homme exceptionnel et un avocat assez moyen ». Personne ne pouvait rivaliser avec son immense culture dans tous les domaines. Je n'ai jamais perdu un procès contre lui. Quand il a appris que je devenais le défenseur des Américains, il m'a dit : « Je suis très content que tu viennes dans cette affaire : c'est comme au tennis, on ne peut bien jouer que contre un adversaire de valeur. » Il n'avait pas, à mon égard, l'espèce d'acrimonie antisémite qu'il avait envers Robert

Badinter. J'étais un copain de jeunesse pour lui, nous n'avions pas de contentieux personnel.

Je l'avais perdu de vue comme tout le monde quand il avait disparu plusieurs années sans que l'on sache pourquoi ni comment. Mais j'ai fait partie de ceux qui ont modestement contribué à son retour au barreau de Paris. Il était déjà un peu différent de nous, il gagnait de l'argent en tant qu'avocat de rois africains, il n'hésitait pas à défendre des dictateurs.

Dans ce procès qui nous réunit en 1987, je représente trois parties civiles : le consul de Strasbourg, la veuve du colonel Ray et le gouvernement des États-Unis. Je suis convaincu que Vergès va soulever l'irrecevabilité de la partie civile du gouvernement des États-Unis d'entrée de jeu, mais il n'en fait rien. Je me dis alors qu'il le fera plus tard. Il y avait une jurisprudence très claire en droit international français qui déclarait que les États étrangers ne pouvaient pas se constituer partie civile devant la juridiction pénale française. Mais il ne l'utilise pas. Probablement était-il plus flatteur pour lui et son client d'affronter les États-Unis d'Amérique que Madame veuve Ray.

Bizarrement, le parquet est représenté, non par un des avocats généraux habituels du parquet de Paris, mais par un magistrat que l'on a fait venir d'une autre cour d'assises et qui a la réputation d'être très répressif. Cette fois, il est méconnaissable : dès qu'il prend la parole, c'est pour lénifier, adoucir tout ce qu'on peut reprocher.

Il ne demandera d'ailleurs aucune peine supérieure à sept ans ce qui, avec les réductions de peine, aurait permis d'extrader Abdallah assez vite.

L'affaire était compliquée : peu de preuves évidentes et un gouvernement qui voulait se débarrasser au plus vite d'un terroriste. Comme à mon habitude, j'ai examiné le dossier avec rigueur, sans rien laisser au hasard. Mis bout à bout, tous les éléments constituaient des charges assez sérieuses. Abdallah et Vergès m'ont aidé sans le vouloir. Le premier s'est conduit comme le terroriste militant qu'il disait ne pas être : il m'injuriait, insultait tout le monde, nous traitait de « porcs », de « sales impérialistes », il a dû être expulsé de la salle d'audience. Sa position qui consistait à dire : « je ne suis pas le chef des FARL, mais je trouve leur combat légitime », était difficilement tenable. Et Vergès ne se battait pas sur les points de fait. Il se plaçait sur un plan politique alors qu'une défense classique mettant en doute la présence de son client sur les lieux des crimes et l'absence de ses empreintes sur l'arme saisie aurait été beaucoup plus pertinente.

Tous les soirs, je rentrais à mon bureau et je relisais le dossier. Un jour, j'ai fait une découverte décisive. Lors d'un voyage à Washington, qui m'avait semblé sur le moment un peu inutile, mes contacts m'avaient donné une liasse de documents en vrac, que je pensais sans intérêt. Pendant le procès, je me suis dit qu'il fallait tout de même m'y replonger. Alors que dans le dossier d'instruction, il existait un exemplaire de toutes les revendications écrites des FARL, dans les papiers confiés par Washington j'ai trouvé une revendication que je ne connaissais pas, celle effectuée après la tentative d'assassinat en 1981 du chargé d'affaires américain Chapman. Ce texte manuscrit avait été adressé à l'agence Reuters de Beyrouth. C'était la première fois que le mouvement affirmait sa radicalité avec la logomachie idéologique habituelle : « Les Américains ne seront jamais en sûreté nulle part désormais. » L'élégance, le style étaient frappants et je me suis demandé s'il était possible de comparer cette écriture avec celle d'Abdallah. C'est là que mon aimable correspondant américain a joué un rôle important. Avant le commencement du procès, *L'Observateur* avait publié un grand texte accusateur d'Abdallah et je lui ai dit qu'il serait bien de retrouver l'original de cette tribune publiée par l'hebdomadaire. Le lendemain, le manuscrit était sur mon bureau. On voyait immédiatement que la même personne avait écrit ce texte et celui de la revendication de la tentative d'assassinat : une très belle écriture, les mêmes mots-clés.

Ravi de ma découverte, j'arrive le lendemain à la cour avec la photocopie du manuscrit de la lettre de revendication. Je demande au président la nomination d'experts en graphologie. Vergès se lève en hurlant, crie au scandale, arguant que ces pièces ne figurent pas au dossier d'instruction – ce qui est vrai –, qu'il n'est pas question de nommer des experts. Il fait un tel bruit que la cour suspend l'audience, se retire et demande au bâtonnier de venir régler l'incident entre Vergès et moi. Elle emporte le manuscrit et la revendication. Cela dure une heure, le bâtonnier revient en nous disant : « Calmez-vous tous les deux, plus d'excès de divas ! » Les magistrats refusent de nommer des experts, mais décident de joindre les deux pièces au dossier. Un acte décisif pour moi. Les débats recommencent et je plaide en fin de semaine. C'est une de mes plaidoiries les plus solides. Je n'ai rien rédigé, comme d'habitude, mais je dispose d'une dizaine de fiches cartonnées avec des mots repères. Je m'accorde un moment d'émotion sincère. Je commence par dire qu'avant le procès, j'ai tenu à me rendre sur les plages normandes, à Avranches et ailleurs, que j'ai marché sur ces plages et vu ce qui reste des bunkers allemands dont les mitrailleuses ont tué par rafales les jeunes Américains qui débarquaient. J'ajoute que je suis allé au cimetière militaire et que lorsque l'on se retrouve devant ces centaines de croix blanches sur les tombes de ces hommes venus mourir en France, on a honte de ceux qui font de l'antiaméricanisme primaire. J'insiste sur le fait que les États-Unis ne se réduisent pas à une puissance impérialiste et que la France, liée par une certaine reconnaissance envers les Américains, ne saurait être un champ de bataille où des terroristes venus de l'étranger viennent les assassiner. La veuve du colonel Ray est très digne, elle est la douleur même, ses enfants sont mineurs, son chagrin immense. Elle ne peut qu'ajouter à l'émotion.

Sur le fond de l'affaire, je me concentre sur un point très simple : Abdallah est un membre des FARL, il ne peut pas soutenir le contraire. Il en a le discours, l'attitude, la solidarité, la fierté. Il n'est pas seulement un membre parmi d'autres, mais le chef et l'organisateur de tout : quel que soit l'endroit où un attentat se produit, il est dans les environs, avant, après, pendant. Il se rend régulièrement dans l'appartement où on a trouvé l'arme des meurtres. Je me sers d'une carte où des petits points indiquent sa présence à Strasbourg. On me rétorque que ce n'est pas une preuve, mais les points sont à chaque fois au bon endroit. Puis je conclus que le chef d'une organisation, c'est celui qui en revendique les actions. Or la tentative d'assassinat de l'ambassadeur Chapman a été revendiquée par Abdallah. Dans la nuit, mon collaborateur a fait tirer de grandes photos, avec à chaque fois deux mots par photo. Je les tends à la cour : un mot sur la revendication et le même sur le manuscrit.

Je sais que l'avocat général qui va intervenir après moi va leur soutenir que la raison d'État exige que l'on se débarrasse d'Abdallah, qu'il n'est qu'un personnage secondaire, que l'attentat du pub Renault ou de la rue de Rennes n'ont rien à voir avec lui. Il n'empêche qu'Abdallah est là pour de véritables assassinats. Je termine par cette phrase : « Dans un instant, on va vous plaider la raison d'État. Le seul État dont vous ayez à tenir compte, c'est l'État de droit », et je me rassois.

Comme je l'avais craint, l'avocat général vient réclamer une peine modérée, sûrement sur ordre du ministre de l'Intérieur. Jacques Vergès plaide de manière très littéraire. Pendant deux jours, il lit des pages entières de Genet sur le massacre de Sabra et Chatila, il agonit d'injures les Israéliens, l'impérialisme américain. Il met en garde les juges contre leur soumission aux États-Unis. Toujours dans cette contradiction qui est de défendre un combat dont il prétend ne pas faire partie, il demande l'acquittement, estimant qu'on ne peut pas relier son client aux faits reprochés, quoique le combat soit juste et légitime. La cour se retire et revient avec une condamnation à perpétuité.

Ce verdict est courageux et juste, même si, à titre personnel, j'estime qu'en 2021, Georges Ibrahim Abdallah pourrait être libéré. J'ai une forme de respect pour lui que je n'avais pas à l'époque. Le braillard de la cour d'assises est devenu un intellectuel réfléchi. La dernière fois que je lui ai adressé la parole par visioconférence lors d'une demande de mise en liberté, je lui ai posé cette question par simple curiosité : « Vos protecteurs syriens sont devenus les alliés du Hezbollah chiite dont vous êtes l'adversaire. Si vous étiez au Liban aujourd'hui, aux côtés de qui mèneriez-vous le combat ? » Il a souri et n'a pas répondu. Enfermé dans une certitude respectable, mais dogmatique, Georges Ibrahim Abdallah ne fait rien pour faciliter sa libération. À cet égard, je comprends très bien que la veuve du colonel Ray, exécuté d'une balle dans la nuque, et que celle du diplomate israélien Barsimentov, assassiné sous les yeux de ses enfants, n'aient pas la même tentation de pardon.

Malik Oussekine

Certains procès ont un impact durable sur la société par l'émotion qu'ils suscitent, les questions qu'ils soulèvent et parfois les changements de législation ou de doctrine qu'ils impulsent. Ce fut le cas de l'affaire Malik Oussekine, ce jeune garçon mort sous les coups des forces de l'ordre en marge des manifestations étudiantes de 1986, l'une des premières victimes médiatisées de ce qu'on appelle aujourd'hui les violences policières.

La droite venait de gagner les élections législatives, la France était en cohabitation, le président François Mitterrand avait nommé Jacques Chirac Premier ministre. Charles Pasqua et Robert Pandraud régnaient sur le ministère de l'Intérieur. Une réforme de l'Université, la loi Devaquet, du nom du ministre qui la portait, qui prévoyait une sélection pour s'inscrire en faculté avait mis le feu aux poudres. Les lycéens et les étudiants, poussés par les organisations de gauche, manifestaient quotidiennement.

Dans la nuit du 5 au 6 décembre à Paris, Malik Oussekine, un garçon sportif mais fragile (il est sous dialyse), marche rue Monsieur-le-Prince en plein cœur du Quartier latin. Il sort d'un club de jazz dont il est un habitué. Il est minuit, il descend la rue et se trouve au mauvais endroit au mauvais moment. Trois voltigeurs motocyclistes, une brigade spéciale créée par Robert Pandraud pour mater les manifestants, surgissent. Un policier particulièrement énervé, porte derrière lui un jeune homme inexpérimenté. Ils repèrent Malik Oussekine et le poursuivent. Le jeune homme prend peur, s'abrite dans un immeuble au numéro 20, les deux policiers foncent derrière lui et le frappent à coups de matraque et de pieds en le laissant inanimé par terre. Un fonctionnaire du ministère des Finances qui habite l'immeuble assiste à la scène sans réaliser à quel point le jeune garçon est atteint. Il témoignera par la suite avoir croisé les policiers. Le Samu arrive pour soigner le blessé. La femme brigadier de police qui le ramasse, avant de le conduire à l'hôpital où il mourra, note parmi ses constatations qu'il a derrière le crâne – à hauteur de l'occiput – un caillot de sang séché, ce sera très important dans l'affaire. Elle fait un rapport. Le décès connu, tout le monde s'enflamme. Malik Oussekine réunit les caractéristiques de la victime parfaite : jeune étudiant dans une école professionnelle, malade, amateur de musique, que tout le monde décrit comme sympathique, qui se promène tranquillement et se retrouve battu à mort, probablement victime d'un délit de faciès. Il devient l'étudiant qui a été tué dans le cadre des manifestations anti-loi Devaquet. Oussekine, c'est l'affaire de tous les malentendus. Il est devenu involontairement, et au prix de sa vie, le héros d'une cause qui n'était pas la sienne. Pour l'opinion il est l'étudiant assassiné par la police, l'étudiant qui n'avait pas été tué en mai 68. L'émotion est immense. Dès le lendemain, une délégation de jeunes est reçue au ministère de l'Intérieur et une marche silencieuse rassemble plusieurs centaines de milliers de personnes en France. L'Élysée s'en mêle, l'affaire se transforme en règlement de compte entre la droite et la gauche. Deux jours plus tard, le projet de loi contesté est retiré. Malik Oussekine est un symbole. Sa mort a pour effet immédiat de mettre fin aux voltigeurs et change pour longtemps la doctrine du maintien de l'ordre.

Le lendemain de son décès, on me demande de déposer une plainte pour la famille, représentée par le frère aîné Mohamed, un homme calme qui tente de modérer les autres membres de sa famille. L'autopsie est confiée à un médecin légiste, Mme Lecomte, une femme très compétente mais dont tout le monde doute car elle a réalisé son autopsie toute seule alors qu'on la pratique d'habitude à deux. Tous les professeurs de médecine de France s'en mêlent et lui reprochent de n'avoir pas fait état dans son rapport d'autopsie de cet épi sanglant sur l'occiput qui doit masquer un traumatisme. Quand le procès viendra, elle va s'en expliquer, d'une manière plutôt convaincante d'ailleurs, mais que j'ai rejetée avec fureur à l'époque. Elle dit qu'il a été frappé sur le front

– les blessures sur le front saignent beaucoup – et comme il était tombé sur le dos, le sang qui coulait sur le côté de son crâne avait dû former cet épi en séchant. Elle affirme qu'il n'y avait pas de traumatisme à cet endroit.

Il n'a pas été facile d'identifier les policiers impliqués et on doit à l'obstination du juge d'instruction d'être parvenu à le faire. Le principal responsable, le brigadier-chef Jean Schmitt, affirme avoir reçu un pavé en pleine poitrine qui aurait déséquilibré sa moto. Il aurait ensuite reconnu le jeune qui avait lancé le pavé et se serait lancé à sa poursuite. L'affaire sera renvoyée devant la cour d'assises de Paris. Deux policiers aux assises, ça ne se produit pas tous les jours. J'établis qu'il n'y a pas de doute : Malik Oussekine était fragile, mais sans les coups, il ne serait pas mort. Je me sers du rapport d'autopsie, de la déclaration du fonctionnaire qui l'a vu étendu sans vie en rentrant dans l'immeuble. Je plaide que les policiers l'ont battu à mort. Aujourd'hui, j'apporterais une nuance et je dirais : ils l'ont battu et il en est mort. Ils sont poursuivis et condamnés pour coups et blessures ayant entraîné la mort sans intention de la donner, ce qui est la qualification pertinente. Le fait que Malik Oussekine ne soit pas allé faire sa séance de dialyse l'a rendu plus vulnérable mais rien n'excuse la violence des coups et leur parfaite gratuité sur un jeune homme sans défense. Le 27 janvier 1990, les deux principaux responsables policiers sont condamnés respectivement à cinq et deux ans avec sursis. Les peines peuvent paraître légères, mais je considère que c'est un beau résultat : c'est la première fois que des policiers sont condamnés aux assises pour leurs actions dans le cadre de leur fonction. On m'a bien sûr reproché de ne pas avoir obtenu de la prison ferme, la peine symbolique ne suffisait pas aux yeux de beaucoup. Pour les familles, les sentences ne sont jamais assez lourdes. Une des sœurs regrettait publiquement que le troisième policier présent sur les lieux n'ait pas été jugé, mais l'enquête avait montré qu'il n'avait commis aucune violence. Un journaliste de *L'Humanité* m'en voulait de ne pas avoir mis en cause les vrais responsables, c'est-à-dire la chaîne de commandement. Or aux assises, il est essentiel de concentrer ses accusations sur les personnes qui sont dans le box car en invoquant des responsabilités extérieures, on diminue celles de ceux qui sont jugés. Certains allaient jusqu'à soutenir que j'avais laissé passer l'occasion de faire tomber le gouvernement !

J'habitais à l'époque rue Joseph-Bara, et dans la rue parallèle, la rue Le Verrier, une main anonyme avait écrit au pochoir : « Kiejman, Démocrassouille de merde ». Il faudra attendre que je sois nommé ministre quelques mois plus tard pour que des policiers viennent poser de grands papiers kraft pour masquer cette inscription.

François Mitterrand

Avec François Mitterrand, nous avons eu des débuts difficiles empreints de malaises et de non-dits. Il n'a longtemps vu en moi qu'un proche de Pierre Mendès France. Ils étaient en froid depuis « l'affaire des fuites ». Lorsque Mendès était président du Conseil en 1954-1955, le préfet de police avait affirmé que des informations du conseil de défense avaient filtré vers le Parti communiste. Il avait laissé entendre que François Mitterrand, qui était alors ministre de l'Intérieur, pouvait être à l'origine de ces fuites. Mendès avait chargé son directeur de cabinet de mener un début d'enquête sans en parler aussitôt à Mitterrand. Ce dernier, l'apprenant, avait été blessé que Mendès n'ait pas immédiatement écarté l'idée qu'il pouvait avoir trahi. Leur gêne s'est nouée à ce moment-là et Mendès disait la comprendre parfaitement.

François Mitterrand s'agaçait aussi de ce que tout le monde considérait Mendès comme moralement parfait. Il disait, paraît-il : « Mendès a épousé sa maîtresse juste après la mort de sa femme et on plaint “le pauvre homme” alors que s’il s’agissait de moi que ne dirait-on… »

Ma première véritable rencontre avec François Mitterrand a eu lieu en mai 68, chez lui, rue Guynemer où il était avec des collaborateurs et amis dont beaucoup d’anciens mendésiens qui s’étaient ralliés à lui, comme Louis Mermaz et Charles Hernu. J’avais rejoint Mendès à la demande de Marie-Claire de Fleurieu avec laquelle il n’était pas encore marié. Les nouveaux amis de Mitterrand souhaitaient que lui et Mendès se rendent ensemble sur les barricades du boulevard Saint-Michel à la rencontre des étudiants. Une hypothèse qui a finalement été écartée après une mission de reconnaissance. Aucun de nous n’y était favorable, c’était trop risqué. Comme je l’ai précédemment raconté, François Mitterrand m’en a voulu. Il était convaincu que je l’avais empêché d’y aller afin d’organiser le lendemain l’arrivée au Quartier latin du seul Mendès France. Ce qui est faux, tout cela avait été absolument improvisé. Il m’a également tenu rigueur d’avoir écrit plus tard dans *Le Monde* une tribune m’étonnant qu’il ne soit pas intervenu en faveur de Klaus Croissant, un avocat allemand sympathisant de la Fraction Armée Rouge qui avait été expulsé sans préavis par le gouvernement français. J’étais alors proche de Deleuze, Foucault et Guattari et je considérais que le premier secrétaire du Parti socialiste aurait dû s’opposer avec vigueur à cette expulsion. Je m’indignais : « Est-ce qu’on imagine que Jaurès et Blum seraient restés silencieux ? » J’exagérais, je le reconnais aujourd’hui.

Je l'ai recroisé à l'approche de la campagne présidentielle victorieuse, à l'occasion d'un séminaire sur l'avenir du cinéma français organisé à Hyères. Monique Lang m'avait demandé d'y participer car j'étais alors président de la commission d'avances sur recettes du Centre national du cinéma. Dans l'avion, j'ai fait la connaissance de Nicole Garcia, elle aussi du voyage. À la tribune il y avait François Mitterrand, Jack Lang et Paul Guimard. Après ma rapide intervention, ayant regagné ma place, je vois Mitterrand me désigner furieusement de l'index. J'ai tort de croire que mes propos sur le cinéma d'auteur lui ont déplu : il demandait simplement à son voisin qui était la femme blonde assise à côté de moi, Nicole Garcia !

En 1981, j'ai évidemment soutenu sa candidature. J'ai notamment écrit des textes en sa faveur dont un dans *Le Monde* qui s'intitulait « Mitterrand maintenant ». Le soir du second tour, j'habitais alors 54 rue Jacob avec mon épouse Laure et notre fille Pauline – nous avions invité quelques amis dont Alain Minc et Mendès France, appuyé sur sa canne. Nous avons attendu ensemble devant la télévision de voir apparaître le visage de Mitterrand. Nous étions tous très enthousiastes, bruyants et heureux ! Mendès n'était pas physiquement en état de marcher, mais avec les autres, nous nous sommes rendus place de la Bastille dans la foule anonyme. La gauche n'avait pas été au gouvernement depuis vingt-cinq ans, à supposer qu'Edgar Faure eût été de gauche, cela méritait bien une fête. Après l'élection, à ma grande surprise, j'ai été invité à l'Élysée à un déjeuner des « intellectuels » qui l'avaient soutenu. Le président était entouré de deux comédiennes, Bulle Ogier et Nicole Garcia. De ce déjeuner, je garde un souvenir assez désagréable. J'avais essayé de développer des propositions sur l'avenir de la télévision – je me voyais futur patron de chaîne à l'époque –, Mitterrand n'a même pas daigné m'écouter. Il n'en avait que pour l'historien Georges Duby. Je ne savais pas à quel point il me percevait comme un de ces « gauchistes » dont je me moque aujourd'hui.

En dehors des commissions du ministère de la Justice, auxquelles Robert Badinter, à titre personnel, m'avait demandé de participer je suis resté longtemps *persona non grata* à l'Élysée. Je ne me rendais au Château que pour des remises de Légion d'honneur à mes amis.

Il m'a pardonné, en quelque sorte, en octobre 1982 – je n'étais politiquement rien d'important, mais pour lui, même un pion comptait dans le jeu d'échecs. À la mort de Mendès France, un hommage lui a été rendu dans la cour de l'Assemblée nationale et Jack Lang m'a demandé d'écrire la partie du discours consacrée à son action politique. À la fin de la cérémonie, François Mitterrand est venu me remercier. Je suis tombé des nues. Notre complicité a encore mis plusieurs années à se nouer. Comme ses avocats personnels, Robert Badinter et Roland Dumas étaient occupés à des postes ministériels, il me sollicitait parfois sur des questions judiciaires. Lorsqu'il m'a appelé lui-même au téléphone la première fois, j'ai cru à une plaisanterie. Puis il m'a demandé d'être administrateur de la fondation dirigée par sa femme Danielle France

Libertés. Il a également souhaité que je défende son fils cadet impliqué dans des affaires africaines. J'ai plaidé et gagné pour Jean-Christophe un procès en diffamation contre le journal d'extrême droite *Minute*.

François Mitterrand venait de temps en temps dîner chez Laure et moi, rue Joseph-Bara près du Luxembourg. Il était rassuré de voir qu'il n'y avait pas de tableaux de maîtres, que l'on passait directement de la cuisine à la salle à manger, que nous n'avions pas de domestiques. Il trouvait mes amis sympathiques, comme Hélène Cixous et Edgar Morin avec lequel il s'était lié du temps de la petite cellule de résistants qui se réunissait chez Marguerite Duras. Ils sont tombés dans les bras l'un de l'autre. Je n'étais pas « affairiste », je n'avais pas de fortune, j'étais cultivé, apprécié par beaucoup de gens, j'avais connu quelques succès professionnels et amoureux, j'avais été le mari d'une actrice, j'étais celui d'une princesse. Tout compte fait, j'avais les attributs de l'ami idéal. On pouvait avoir une relation amicale avec moi sans encourir des reproches ou avoir de mauvaises surprises. Tous les hommes politiques s'enferment dans un environnement qui les rassure. Mitterrand a compris que je serais d'une constante fidélité, d'une discrétion et d'une loyauté à toute épreuve. À partir de là, je lui rends quelques services. Je suis ainsi l'avocat consultant du chef d'état-major de l'Élysée à l'époque du *Rainbow Warrior*, le navire de Greenpeace victime d'un attentat sur ordre de l'État français. De temps en temps, Mitterrand m'invite à déjeuner le samedi avec Jacques Attali, Pierre Bergé, Élie Wiesel.

Lorsqu'on me disait : « Si Mitterrand déjeune si souvent avec des juifs, c'est parce qu'il a mauvaise conscience », je répondais : « Non, il n'a aucune mauvaise conscience, il trouve les juifs moins emmerdants que les autres ! »

Après ces déjeuners, qui ont souvent lieu à L'Assiette, rue du Château, nous marchons à pied tous les deux à la recherche de librairies. Petit à petit s'est ainsi installé une certaine familiarité fondée sur des goûts littéraires. À ces occasions, il pouvait se montrer généreux. Il m'a ainsi offert, sans raison particulière, une édition originale d'*Ulysse* de Joyce, traduite par Valery Larbaud. D'une manière un peu étrange, il m'a également fait cadeau d'une édition de l'*Histoire des deux Restaurations* en six tomes de Vaulabelle. Je ne suis pas le seul à qui il a offert ces gros volumes bleus. Je n'ai d'abord pas compris pourquoi, car il ne s'intéressait pas spécialement à cette période historique. J'ai cru deviner, en lisant le premier volume : il relatait les adieux de Napoléon à Fontainebleau suivi de l'abandon de tous ses maréchaux. C'était une manière de dire à ses amis : « Vous me quitterez un jour » ou « Je vous mets en garde contre la tentation de la trahison… »

Je l'ai toujours vouvoyé et appelé « Monsieur le président ». Il me parlait des livres, de la vie, des femmes, des sujets qu'on aborde entre amis quand on n'est ni président de la République ni futur ministre. Notre intimité a pris de l'épaisseur. Il m'a invité à la fameuse ascension de la roche de Solutré, en compagnie de Mikhaïl Gorbatchev, ce qui était un signe d'attention. Après avoir grimpé, il rejoignait ceux que l'on appellait « les saucissonneurs », des randonneurs qui se rendaient à Solutré à la même saison que lui. Il en profitait pour tenir une conférence de presse apparemment improvisée avec les journalistes présents.

La première année, il avait placé Laure à sa gauche et moi à sa droite. Il nous a fait visiter l'ordre monastique auquel il se rendait régulièrement et nous nous sommes promenés autour de Cluny. Il était plein d'égards et a tout de suite pris Laure en sympathie. Pour lui, une princesse, même désargentée, cela comptait. Il appréciait qu'elle soit extrêmement bien élevée, qu'elle ait les codes. Nous étions aussi invités à dîner rue de Bièvre, où c'était encore moins luxueux que chez nous. Il y avait là son beau-frère Roger Hanin et son épouse Christine Gouze-Rénal, un ou deux amis qui n'étaient pas toujours les mêmes, les très proches comme les Lang. Il s'agissait de dîners du dimanche soir comme il y en a dans beaucoup de familles.

Contrairement à ce que certains ont imaginé, François Mitterrand vivait modestement. À Latche, quand nous y allions avec Laure, nous dormions dans la chambre d'un de ses deux fils et les Lang dans l'autre, de part et d'autre d'une salle de bains commune qui n'avait pas été refaite depuis vingt ans. Nous déjeunions dans la cuisine le plus souvent. Mitterrand avait un petit pavillon à part où il pouvait se retirer, dormir ou travailler. Je l'accompagnais à sa partie de golf. Il était toujours agréable et intéressant de bavarder avec lui en marchant.

François Mitterrand n'était pas un homme d'argent. On lui a reproché son amitié avec Roger-Patrice Pelat, qu'il justifiait par l'ancienneté et les épreuves traversées ensemble. Il n'aurait souhaité que des amis intègres et sans histoires. Il avait des proches, souvent liés à sa jeunesse, comme Georges Dayan, mais ses amitiés ne se justifiaient jamais par l'argent, il n'avait pas ce goût-là. Il l'aurait trouvé vulgaire.

Il était fidèle à ses amis, très attentif aux malades, peut-être parce qu'il savait qu'il l'était lui-même. Il est venu me voir à l'hôpital pour une opération bénigne, et se rendait régulièrement au chevet du général de Bénouville, tout en gardant son armure. Il ne se confiait jamais. Ce n'était pas quelqu'un qui racontait sa vie intime mais il espérait qu'on la croie riche, aventureuse et remplie de succès féminins. Aujourd'hui, je ne suis pas certain de savoir qui il était vraiment. Il devait considérer qu'il n'y avait pas de pouvoir sans secret, et il cloisonnait. Je ne savais rien de sa maladie ni de sa vie avec Anne Pingeot. Un jour je l'ai croisé rue Jacob, mais quand je suis allé vers lui pour le saluer, son garde du corps m'a éloigné d'un geste un peu vif. J'en ai été surpris, mais pas une seconde il ne m'est venu à l'idée qu'il allait trois immeubles plus loin, voir sa fille Mazarine. Une autre fois, il m'a emmené un samedi en avion dans la Drôme déjeuner chez un de ses amis. Au retour, une voiture m'attendait à l'aéroport et une autre l'attendait lui, avec un profil féminin entrevu à l'intérieur. J'ai compris plus tard qu'il repartait avec Anne, mais il ne m'en a jamais parlé.

J'ai découvert un homme très intelligent, cultivé, plus attaché à la littérature du XIXe qu'à celle du XXe, capable d'être souriant, bien élevé mais pas sophistiqué, qui aimait manger, boire modérément. Il laissait venir, il n'était pas intrusif ou indiscret, mais les petites histoires privées l'amusaient follement. Il y a une espèce de rapport de coquetterie entre deux hommes qui, à tort ou à raison, passent pour des séducteurs. Ma coquetterie à moi était de lui faire croire que j'essuyais tout le temps des échecs avec les femmes, ce qui, bien sûr, le mettait en joie. Lui ne se racontait pas, mais il parlait des femmes comme un gastronome peut évoquer un plat rare, avec un air gourmand, sans jamais être grossier. Il faisait celui qui n'en parlait pas, en soulignant combien cela signifiait qu'il pourrait en parler.

Notre proximité en agaçait plus d'un. J'ai toujours été surpris de constater à quel point, autour de Mitterrand, les gens se détestaient alors que les mendésiens formaient véritablement une famille. Il ne nous serait pas venu à l'idée de nous déchirer entre nous, nous faisions bloc. François Mitterrand avait forcément une responsabilité dans ces divisons. Anne Lauvergeon et Hubert Védrine ne pouvaient pas se supporter, Roland Dumas et Robert Badinter non plus. Dans son cercle proche, il y avait beaucoup de fiel, de jalousies, de mesquineries, de clans, de sous-clans. Le prince décidait de projeter la lumière sur tel ou tel. Il distribuait des récompenses symboliques, invitait l'un ou l'autre dans ses déplacements à l'étranger, il aimait jouer de cela, c'était une façon d'affirmer son pouvoir.

Lorsque l'on est proche d'un homme politique important, les gens parlent de « courtisanerie ». J'ai toujours répondu en riant : « Je suis peut-être un courtisan, mais admettez que déjeuner avec Mitterrand est plus intéressant que déjeuner avec vous ! »

Plusieurs années de suite, il est venu nous voir à Belle-Île-en-Mer, d'abord dans une maison que je louais puis à l'hôtel. Il restait plusieurs jours avec Danielle, nous nous promenions, nous nous rendions à Sauzon dans des restaurants de coquillages. Il en était fou et pouvait manger deux douzaines d'huîtres sans difficulté. Belle-Île, pour lui, c'était marcher le long de la côte sauvage. À la fin, il y venait avec son médecin, le docteur Tarot. Il ne connaissait personne là-bas et il aimait cette tranquillité. La dernière année de sa vie, je le voyais de temps en temps, mais les promenades n'étaient plus de mise.

Nous avons échangé jusqu'à sa mort. Je me suis évidemment rendu à ses obsèques en Charente, nostalgique et profondément peiné, même si ma tristesse n'était pas de même nature que celle ressentie à la mort de Mendès. Quand Mendès vous écoutait, c'est vous qu'il écoutait. Quand François Mitterrand vous écoutait, c'était pour tirer éventuellement parti de ce que vous lui disiez. Il ne vous écoutait pas pour vous, mais pour lui, comme la plupart des hommes politiques. Malgré cette réserve, je considère encore aujourd'hui qu'il a été un ami avec les qualités qu'on attend d'un ami : la gravité lorsque l'on traite de choses importantes, la possibilité de rire, la loyauté et la confiance, la certitude que l'on ne colportera pas à l'extérieur ce qui peut affaiblir ou ridiculiser l'autre, la présence dans les moments difficiles.

Peu de temps après sa mort, Michel Charasse m'a demandé d'intenter une action en référé contre le livre du docteur Gubler qui racontait la maladie de François Mitterrand en rompant de façon odieuse le secret médical. L'ouvrage a été interdit. La seule personne qui m'a appelé pour me remercier fut Anne Pingeot, que pourtant je ne connaissais pas.

Ministre

Certains ont dit qu'après avoir été un grand avocat, j'ai accepté de devenir un petit ministre. Ce n'est pas complètement faux.

Je commençais à tourner en rond en tant qu'avocat, François Mitterrand savait que je m'ennuyais. Il m'avait fait plusieurs propositions, comme celle de directeur des Archives nationales – un poste pour lequel je n'avais ni compétences ni appétit.

En octobre 1990, il me sollicite pour entrer au gouvernement : « Je ne peux pas vous nommer ministre de plein exercice, vous n'êtes pas membre du Parti socialiste. Si vous en êtes d'accord, je vais vous associer à Henri Nallet, un type bien avec qui vous vous entendrez. » J'accepte immédiatement. À l'époque, je suis conscient que je n'ai aucun poids politique, pas de parti derrière moi. Je me dis que ça va être intéressant, je suis attiré par le titre « ministre délégué chargé des réformes ». Quel avocat ne rêve pas de faire des réformes ? J'arrive plein d'illusions, encore novice et naïf. Je ne sais pas que, lorsqu'on est nommé ministre délégué, il faut veiller très scrupuleusement à la rédaction du décret qui définira vos attributions par rapport à celles du ministre de plein exercice. J'ignore à quel point il faut lutter pour avoir un cabinet qui vous protège. Henri Nallet a déjà été plusieurs fois ministre : il s'installe avec une équipe constituée alors que je tâtonne. Dès le départ, il y a des tensions. Mon ministre de tutelle veut m'imposer son attachée de presse et je dois me battre pour avoir la mienne. Je comprends assez vite que ma marge de manœuvre va être très limitée. Du fait de mes qualités d'orateur, on me laisse défendre les textes de loi auprès du Parlement. Certaines de mes formules ont fait florès comme « l'indépendance des juges n'est pas dans le statut, elle est dans la tête ». Mais les grandes réformes de structure du ministère, évidemment, c'est Nallet qui s'en charge tout comme l'action publique ou le statut des magistrats.

Il y a souvent des réunions entre nos deux cabinets, mais le sien mène au mien une petite guerre ridicule. Il a des collaborateurs en apparence sympathiques qui, en fait, sont de vieux briscards en relation avec *Le Canard enchaîné* qui font paraître des échos désagréables sur moi. J'aurais par exemple utilisé le budget du cabinet pour faire changer la moquette de mon bureau.

Henri Nallet est intelligent, très bon ministre, travailleur, mais il prend ombrage de ma notoriété et du fait que les journalistes préfèrent s'adresser à moi. Je suis critiqué dans *Le Monde* puis dans *L'Obs*. On écrit que je suis décevant, trop prudent, ce que je trouve injuste car je n'ai jamais eu la liberté pour faire quoi que ce soit de consistant. L'appareil de l'État est une énorme machine qui est dirigée uniquement par deux ou trois personnes. Les autres ne font qu'accompagner. Lorsque l'on n'a pas de parti politique derrière soi et l'appui du président, on ne peut espérer réformer.

Quand Édith Cresson remplace Michel Rocard au poste de Premier ministre, moins d'un an après ma nomination, je m'attends à rester à la Justice, j'espère même une promotion, devenir enfin ministre de plein exercice. Mais François Mitterrand m'annonce que je vais être ministre délégué à la Communication, ce qui n'est pas du tout dans mes prévisions. J'ai tout de même été à l'origine de la création d'Arte, « la chaîne de la curiosité et du savoir », une des grandes réussites du paysage audiovisuel français.

Lorsque Pierre Bérégovoy, un vieux camarade de l'époque mendésienne, est nommé à son tour à Matignon, Mitterrand me propose d'être ministre délégué aux Affaires étrangères, ce que j'accepte. Je me retrouve confronté au pire de mes ministres de tutelle. Nallet n'était pas très élégant, Jack Lang était amical mais peu partageur, Roland Dumas s'est révélé agréablement glacé. Il était très intelligent, rusé, roué au sens du XVIIIe, cultivé et libertin, grand mélomane, ayant failli être ténor d'opéra, il avait la confiance de Mitterrand. Je sens tout de suite que je vais avoir des difficultés avec Dumas. Il est furieux que l'on nomme auprès de lui quelqu'un qui passe pour un proche du président. Je n'ai pas d'attributions propres sinon les Français de l'étranger, les Droits de l'homme et le remplacer quand cela est nécessaire. Roland Dumas se montre très méfiant. Les rares idées que je tente de proposer sont étouffées. Sous une onctuosité exagérée – « Georges, si tu as le temps, tu nous parleras de ta rencontre avec Untel » –, il passait son temps à jouer contre moi.

La valse de mes voyages a commencé : Australie, Nouvelle-Zélande, Venezuela, Caraïbes, Chili… Roland Dumas semblait m'apprécier dès lors que j'étais à 4 000 kilomètres de lui et sous réserve qu'il ne s'y passe rien d'important. Je portais des messages du président de la République à des chefs d'État au bout du monde, j'étais davantage l'ami du président qu'un ministre délégué, je réconfortais les Français de l'étranger.

Je n'ai gardé de ces années-là ni regrets ni remords. Même si je n'ai pas laissé de grande trace, l'expérience a été riche. Il est tout de même plus intéressant de s'occuper de dossiers au niveau national qui concernent l'intérêt de tous et non d'un seul individu. J'ai appris des choses sur la nature humaine et sur le fonctionnement de la gouvernance. J'ai particulièrement aimé le dialogue avec le Parlement, surtout avec le Sénat car il est possible de le faire changer d'avis, alors que les députés sont soumis à l'Assemblée nationale à une forte discipline au sein de leurs groupes.

Cette période ministérielle restera marquée à jamais par le suicide de Pierre Bérégovoy. Je l'aimais beaucoup, c'était un homme très simple, direct, qui s'émerveillait d'être là où il était arrivé. Il était d'une honnêteté qui ne pouvait être remise en cause. C'est pour cela, je pense, qu'il a énormément souffert des accusations de corruption lorsqu'il a emprunté un million d'anciens francs pour acheter son appartement. Sa mort m'a profondément attristé. Je pense qu'il a eu un accès de dépression, lié au fait qu'il avait été Premier ministre pendant un an, avec toute la mobilisation que cela implique puis le vide du lendemain quand le téléphone ne sonne plus et que les regards se détournent. Il était encore sous le coup de la campagne de dénigrement à son égard. Pendant le Conseil des ministres, il m'envoyait des petits mots d'une ligne, du genre « Et maintenant ? » À l'annonce de son suicide, nous nous sommes tous dit : « J'aurais dû m'occuper davantage de lui », mais il n'y avait pas de raison particulière de le faire, pas vraiment de signaux d'alerte. Personne n'a deviné qu'il souffrait à ce point.

Klarsfeld

« Je jure sur la mémoire de mon père que je ne suis jamais intervenu. » Ma voix résonne de colère sur ce plateau du journal télévisé de France 2 où je suis face à Serge Klarsfeld ce 13 septembre 1994. « Le président Mitterrand ne m'a jamais rien demandé et moi je n'ai rien demandé, j'ajoute, furieux. Il n'y a pas que maître Klarsfeld qui a le monopole de la fidélité à la mémoire de nos morts, je l'ai aussi. »

Quelque temps auparavant, pour faire un bon mot, il m'avait accusé d'avoir voulu éviter à René Bousquet, cet ancien haut fonctionnaire français, devenu secrétaire général de la police du régime de Vichy, organisateur principal de la rafle du Vélodrome d'Hiver en juillet 1942 et d'autres épouvantables méfaits envers les juifs, d'être jugé. C'est la plus grande blessure politique qui m'ait été infligée.

René Bousquet était passé à travers les mailles du filet à la Libération après un procès en 1949 devant la Haute Cour de justice qui l'avait condamné à une peine de pur principe, cinq ans d'indignité nationale dont il avait été aussitôt relevé pour des services réels ou supposés rendus à la Résistance. Il avait ensuite mené une carrière d'homme d'affaires en vue aussi bien dans la presse à *La Dépêche du Midi* que dans la banque, et avait soutenu François Mitterrand lors de la campagne présidentielle de 1965. J'ignorais tout de leurs liens, jamais je n'ai entendu Mitterrand évoquer son nom jusqu'à ce que son passé émerge dans les journaux et qu'une instruction judiciaire soit ouverte au milieu des années 1980.

On peut aujourd'hui s'étonner que le nom de Bousquet me soit étranger à l'époque. Il semble aller de soi, pour certains, qu'un petit juif comme moi a forcément entendu parler de lui. En réalité, pas du tout. Quand Bousquet était secrétaire général de la police, j'étais un enfant. Je ne vivais pas à Paris, je n'ai heureusement pas été raflé et les événements, à Loye-sur-Arnon, dans le Berry, ne parvenaient pas à nos oreilles. Il faut me croire quand je dis que moi, autodidacte ayant tout appris sur le tard, avec des lacunes historiques énormes, je ne savais pas qui était Bousquet. Il se trouve que je n'ai jamais rencontré ce personnage dans mon apprentissage de la société contemporaine.

C'est bien plus tard, lorsque j'ai été attaqué par Klarsfeld, que j'ai pris connaissance de ses crimes monstrueux envers les juifs. Ceux-ci n'avaient quasiment pas été évoqués pendant son procès devant la Cour de justice bien que, dans le réquisitoire écrit, il y avait de quoi le mettre en cause. J'ai également découvert qu'il avait été préfet dans sa jeunesse, et qu'après la Libération, il avait été candidat de l'UDSR, un petit parti charnière de la IVe République, codirigé par René Pleven et François Mitterrand. En ce temps-là, on permettait donc à celui que l'on présentera plus tard, et à juste titre, comme ayant eu une responsabilité énorme au temps de la collaboration, d'être candidat à l'élection législative pour un parti républicain issu de la Résistance. Ensuite, il avait été administrateur de la Banque de l'Indochine et, à ce titre, prononcera l'hommage au père de Valéry Giscard d'Estaing.

Je m'interroge encore sur la façon dont Mitterrand percevait Bousquet, qui, entre-temps, était devenu le directeur de *La Dépêche du Midi* et l'a certainement beaucoup aidé en 1965 quand il a mis de Gaulle en ballottage à la surprise générale. Il ne s'agit pas de l'exonérer ni évidemment de minimiser les responsabilités de René Bousquet, mais de se souvenir des connaissances que l'on avait à l'époque sans faire d'analyses rétrospectives. René Bousquet – et on ne peut évidemment que le déplorer – était un personnage parfaitement introduit dans la société française.

Lorsque j'étais ministre délégué à la Justice, une procédure judiciaire très complexe était en cours. Je n'ai été consulté par personne sur ce dossier, ni par le président, ni par le Premier ministre, ni par le garde des Sceaux Henri Nallet. Je rentre un soir vers minuit d'un meeting politique en Lozère qui avait été retardé par des paysans en colère. Mon épouse Laure m'informe que des journalistes de *Libération* cherchent à me joindre. Le journal s'apprêtait à publier un entretien avec moi sur mes projets de réforme et avait fait, par ailleurs, une interview de Serge Klarsfeld, président de l'Association des fils et filles de déportés juifs de France. Lorsque je les rappelle, ils me demandent de réagir à ce qu'il leur a dit. Je ne sais pas de quoi on me parle. Le journaliste m'explique que Pierre Truche, procureur général à Paris, a fait un pourvoi devant le Cour de cassation et Klarsfeld, comme d'autres, y voit une manœuvre pour ne pas juger Bousquet. Une manœuvre imputée à François Mitterrand et à l'homme de Mitterrand à la chancellerie, moi, que Klarsfeld somme de démissionner. Je ne connais pas le dossier et au lieu de m'abstenir, je réponds par une phrase emberlificotée qui dit en substance qu'un procès, tant d'années après, n'est pas toujours la meilleure solution pour rappeler cette ignominie qu'a été la collaboration. Cette phrase d'une maladresse inouïe me poursuit encore. Tout le monde me la reproche. Ma sœur, qui fait partie des 2 500 rescapés juifs français, m'a dit : « Mes amis sont indignés, comment peux-tu défendre Bousquet ? » J'ai vécu cette accusation comme une effroyable injustice.

Serge Klarsfeld s'est fait plaisir par ce bon mot qui m'a crucifié : « On a fait venir au ministère de la Justice un fils de déporté juif, Robert Badinter, pour juger Barbie et on en a fait venir un autre pour qu'on ne juge pas Bousquet, Georges Kiejman. » Pour lui, Bousquet est légitimement un ennemi de toujours parce qu'il a admirablement travaillé sur cette période de la guerre et en tant que juif, je lui en suis reconnaissant. Aujourd'hui, alors que j'ai lu énormément de livres sur la Shoah, je suis horrifié par cette époque qui restera la plus noire de toute l'humanité. L'idée que j'aie pu protéger René Bousquet est infamante et absurde, puisque ce qui relevait des procès de l'action publique ne dépendait pas de moi mais du garde des Sceaux et que je venais à peine d'arriver au ministère. Cet épisode reste une grande blessure et je suis convaincu que Serge Klarsfeld sait aujourd'hui à quel point il m'a gratuitement fait du mal. Cela est si vrai que cité comme témoin à un procès par ceux qui reprenaient cette diffamation, il ne s'est pas présenté.

Lucie et Raymond Aubrac

J'ai eu l'honneur de défendre Lucie et Raymond Aubrac, deux grands résistants et des personnalités magnifiques. En 1998, Gérard Chauvy, un historien, lyonnais, publie chez Albin Michel un livre intitulé *Aubrac, Lyon 1943* dans lequel il les accuse d'avoir joué un rôle dans l'arrestation de Jean Moulin. Ce livre fait l'effet d'une bombe car le couple formé par Lucie et Raymond Aubrac était l'archétype de l'héroïsme résistant. Lucie notamment passait pour le modèle du courage et Simone Signoret qui l'avait eue comme professeure de philosophie sous le nom de Lucie Samuel avant la guerre parlait d'elle avec une admiration très émue. Elle était notamment célèbre pour avoir fait évader son mari prisonnier de la Gestapo. Le livre prétendait réduire à néant tous ses mérites, alors que de manière très romanesque elle s'était fait passer pour une femme abusée par un homme léger. Elle avait raconté aux autorités allemandes qu'elle attendait un enfant de lui, qu'il n'assumait pas cette paternité et qu'elle voulait l'obliger à l'épouser. Elle leur avait donc demandé de transférer Aubrac pour que le mariage puisse avoir lieu. Cette histoire abracadabrante avait fonctionné.

Les Aubrac étaient des résistants très engagés. Mais Raymond n'était pas toujours apprécié de ce petit milieu, notamment parce qu'il était un des compagnons de route proche du Parti communiste, et en était peut-être même membre. Il avait été commissaire de la République pour les Bouches-du-Rhône à la Libération.

Les époux Aubrac ont décidé d'intenter un procès en diffamation contre Chauvy que j'ai mené avec mon futur associé l'excellent Thierry Marembert, un ancien normalien. Le procès arrive devant la dix-septième chambre, celle du droit de la presse, qui est toujours présidée par des gens intéressants et à cette époque par un homme remarquable, Jean-Yves Monfort.

Il faut savoir qu'en matière historique deux principes s'affrontent : la liberté de l'historien, qui relève de la liberté d'opinion – car malgré tout, les historiens sont plus ou moins subjectifs – et l'honneur de ceux qui sont mis en cause. Le juge s'interdit de jouer à l'historien, mais il peut vérifier si l'historien a respecté les règles qui s'imposent à lui, à commencer par la vérification des faits allégués et la méthode utilisée. C'est ce qui a permis notamment la condamnation des plus célèbres négationnistes, comme Robert Faurisson.

En matière de diffamation, la vérification des faits est d'autant plus indispensable que celui qui est poursuivi peut échapper à la condamnation s'il prouve la véracité de ce qu'il allègue. Le juge peut reconnaître que des propos portent atteinte à l'honneur d'une personne, mais refuser de condamner si ce qui est écrit est vrai. Thierry Marembert et moi nous sommes donc donné beaucoup de mal pour contredire les « faits » avancés par ce prétendu historien. Il a fallu vérifier chacune des allégations dans les archives, celles-ci étant dispersées un peu partout en France. Ainsi Chauvy mentionnait à un moment la présence d'un officier de la Gestapo à Lyon : or, en consultant des archives, nous avions pu prouver que cet officier n'était pas encore à Lyon à l'époque où le livre le situait. Des erreurs factuelles de ce genre, nous en avons trouvé beaucoup et elles ruinaient complètement la crédibilité de Chauvy. Nous avons énormément travaillé et nous avons eu la chance de tomber sur un président qui lui-même avait beaucoup travaillé. De telle sorte que les documents que nous fournissions, les arguments que nous avancions, tombaient dans une oreille parfaitement à même d'en mesurer l'exactitude et la pertinence.

Nous avions des témoins de part et d'autre et Chauvy avait fait venir plusieurs personnalités connues pour leur anticommunisme, dont Jean-François Revel. Nous avions, nous, des résistants prestigieux comme Maurice Kriegel-Valrimont ou Serge Ravanel, le chef des Francs-Tireurs et Partisans (FTP) de Toulouse. L'enjeu était double : sauver l'image personnelle des Aubrac, leur honneur, leur crédibilité et leur courage, qui étaient mis en doute alors qu'ils avaient pris des risques incroyables. Pendant les débats, un avocat avait dit à Lucie : « Mais vous étiez quand même complètement folle ! » Ce à quoi elle avait répondu : « Mais si nous n'avions pas été fous à cette époque-là, nous n'aurions pas été résistants ! » Il se jouait également dans ce procès l'honorabilité de la Résistance tout entière, ce qui explique que des gens du bord politique opposé comme le général de Bénouville se soient montrés solidaires des Aubrac.

Lucie et Raymond ont été d'une grande dignité. Ils ont suivi tous les débats. Ces gens vivaient modestement, ils n'avaient jamais tiré le moindre profit de leurs actions héroïques.

La partie adverse a soulevé de nombreux moyens de procédure prévus par le droit de la presse. Elle soutenait que les Aubrac, en tant que cadres de la Résistance, auraient dû être poursuivis sur le fondement de l'article 31 de la loi sur la diffamation envers les personnages publics et non pas sur celui de l'article 32 relatif aux personnes privées.

Tous leurs moyens de droit ont été rejetés. Il a été donné acte que Chauvy n'avait apporté la preuve d'aucun des faits qu'il avait avancé et que le peu de sérieux de la méthode employée le privait du bénéfice de la bonne foi. Le jugement a été très sévère puisque son éditeur et lui ont été condamnés à une lourde amende. Il a été confirmé devant la cour d'appel puis la Cour de cassation.

De ce jugement qui allait au-delà des personnes concernées, je suis très fier.

Être père

Je suis un père tardif. Avant de rencontrer Laure, Marie-France avait été la seule femme avec laquelle j'avais envisagé d'avoir des enfants, mais ça n'a pas eu lieu. J'ai rencontré Laure lors d'un dîner chez Véronique Cayla. Elle était plus jeune que moi, intelligente, une princesse sans fortune, portant le nom historique de De Broglie tout en étant de gauche. Elle s'était éloignée de son milieu d'origine et travaillait comme journaliste. Elle est tombée enceinte de Pauline et cette nouvelle m'a pris de court car j'avais été un célibataire heureux. J'en ai parlé avec mon ami Étienne Beaulieu, qui m'a fait observer : « Tu vas avoir cinquante ans, tu as tout eu sauf ça. Qu'est-ce que tu risques, essaye ! Être père est une formidable aventure. » J'ai eu une révélation, je me suis dit : « Pourquoi pas, finalement ? » Pauline est née le 9 mars 1980 et j'étais fou de joie. Elle était curieuse, s'émerveillait de tout. François Truffaut se moquait de moi car il me croisait tout le temps à Saint-Germain-des-Prés avec elle dans un porte-bébé. Camille est née le 16 décembre 1983 et

Gaspard le 18 juin 1991. J'ai adoré passer des moments avec eux, en week-end, en vacances, même si je dois avouer que j'étais très pris par mon travail puis par ma vie ministérielle. Je me reproche de ne pas leur avoir consacré suffisamment de temps, mais j'ai sûrement été davantage présent que dans mon souvenir car maintenant qu'ils sont adultes, ils me prodiguent une affection plus forte que celle que je pense avoir méritée.

Ma paternité s'est construite au fil des années. Je ne pense pas qu'ils aient jamais douté de l'amour que je leur porte. Je les appelle « mes petits Broglieman », à la fois descendants du duc de Berry et de Saint Louis, le roi le plus antisémite de France, et petits-enfants d'Alter Kiejzman et de Brandla Czarneska. Je leur ai toujours laissé une forme de liberté, je ne leur ai jamais imposé d'études ni de carrière, je n'ai pas tenté de les transformer en bêtes à concours. Du moment qu'ils faisaient le minimum souhaitable et qu'ils avaient l'air heureux, cela me suffisait. Quand je les observe aujourd'hui, je me dis que j'ai eu raison : ils sont épanouis, ils n'ont ni le goût de l'argent ni celui des vanités. Je suis très fier de ce qu'ils sont devenus, ils ont chacun leur personnalité, mais ont en commun d'être libres et de s'intéresser aux autres.

Laure était une journaliste accomplie et une épouse parfaite. À côté de n'importe qui, elle dit toujours ce qu'il faut, que ce soit en français ou en anglais. Françoise Giroud avait une expression favorite : « c'est convenable / ce n'est pas convenable ». Avec Laure, on peut être sûr qu'elle ne fera jamais quelque chose qui ne convient pas. C'est quelqu'un de très aimant et je n'ai pas toujours été à la hauteur de son affection et de sa patience. Lorsque, à la fin des années 1980, nous avons commencé à voir François Mitterrand, il appelait parfois le soir à notre domicile. Quand je n'étais pas là, il demandait : « Mais où est-il ? » Laure répondait : « Je ne sais pas. » La plaisanterie favorite de Mitterrand était devenue : « Lôôre, vous êtes la seule femme à Paris qui ne sait jamais où est son mari à 8 heures du soir ! » Ça lui paraissait invraisemblable. Étonnant de la part d'un homme dont on pouvait douter que son épouse sût elle-même où il se trouvait le soir.

Laure n'a probablement pas toujours été heureuse avec moi. Elle ne s'est jamais plainte, aristocratique jusque dans ses sentiments. Elle ne m'a jamais fait savoir qu'elle n'était pas dupe de mes incartades et son comportement a été d'une élégance qui me laisse encore sans voix. Alors que nous étions mariés, elle a publié un roman chez Robert Laffont intitulé *Une passion polonaise*. Dans cette fiction, figure une lettre adressée par une jeune femme à l'un des deux héros du livre, un vieil aristocrate polonais. Elle le félicite pour un événement glorieux qui lui est arrivé et lui dit qu'elle le revoit dans sa robe de chambre rouge. Laure m'a fait lire les épreuves et j'ai bien sûr reconnu la lettre puisque c'était mot pour mot celle que j'avais reçue d'une dame. J'ai compris que mon épouse avait fouillé dans mes tiroirs, mais, comme elle, je suis resté impassible. Aujourd'hui encore, je ne suis pas censé avoir reconnu cette lettre.

Nous sommes restés mariés plus de vingt ans. Lorsque nous nous sommes séparés, Pauline et Camille étaient déjà adultes, mais Gaspard était encore jeune. J'ai été ému de le voir triste. Nous sommes tous restés très proches. Leur présence et celle de mes petits-enfants me touchent énormément, c'est une chaleur incomparable, le seul remède à l'angoisse de la mort. Je ne crois pas en la transcendance, mais c'est un réconfort de se dire que grâce à eux, lorsque je ne serai plus là, ma vie continuera un peu. L'amour entre parents et enfants est le seul qui ne soit soumis à aucune condition. La seule circonstance où l'on s'interposerait entre un tireur et une balle mortelle, ce serait pour protéger son enfant.

L'homme qui voulait être aimé n'a jamais douté de l'amour de ses enfants.

Mohamed Al-Fayed, l'impossible client

Il y a des clients qu'il faut parfois arrêter de défendre car ils s'enferment dans un système perdu d'avance et n'écoutent plus rien. Mohamed Al-Fayed, le richissime homme d'affaires propriétaire des magasins Harrods à Londres et du Ritz à Paris, est devenu littéralement fou de douleur lorsque son fils Dodi s'est tué avec Lady Diana sous le pont de l'Alma le 31 août 1997.

J'étais son avocat depuis longtemps en France, avant ce drame. C'est un personnage haut en couleur, verbe facile, voix tonitruante, charmeur, parlant très bien français. Né à Alexandrie, il est venu s'installer à Londres dans les années 1970 et a fait rapidement fortune. Il était de ces hommes qui aiment à montrer que tout leur est possible. Un jour, alors que je quittais le Ritz où je passais la nuit, je demande ma note à la réception et l'on me répond : « Vous êtes l'invité de Monsieur Al-Fayed. » À l'époque je ne le connaissais pas. Je me suis dit qu'il s'agissait d'une technique formidable : il savait comment se faire remarquer. Il n'avait aucune limite. S'il était en

Angleterre et qu'il voulait vous parler, il vous envoyait un hélicoptère à Paris qui vous transportait au cœur même de Londres. Je l'ai toujours connu obsédé par la volonté de s'intégrer dans la bonne société, ce qui le rendait touchant. Racheter Harrods en 1985 était un moyen de s'approprier un morceau du patrimoine anglais. Il était horriblement blessé de ne pas avoir obtenu la nationalité britannique.

En France aussi, il aimait fréquenter les politiques. Quand il rendait visite à Jacques Chirac, il lui apportait des bières très rares pour lui faire plaisir. Il était intelligent sans être cultivé, un de ces personnages mystérieux, dont personne ne connaît vraiment l'origine de l'argent. Il était difficile de savoir si cette fortune était entièrement la sienne ou s'il la gérait pour un mystérieux prince du Moyen-Orient, comme le sultan de Brunei, dont il avait été le conseiller financier dans les années 1960. A-t-il commencé comme ces nombreux intermédiaires qui se sont enrichis en percevant des commissions ? Personne finalement ne sait grand-chose de lui.

Quand le drame est arrivé, il était anéanti. Dodi, son fils aimé, que je n'ai pas connu, était une sorte de play-boy, vaguement producteur aux États-Unis. Il avait reconquis l'affection et la prodigalité de son père grâce à cette aventure glorieuse avec la princesse de Galles. Pour Mohamed, cette union était inespérée, c'était un pied de nez monumental à toute l'aristocratie anglaise qui le méprisait malgré son argent. Il avait une mauvaise conscience vis-à-vis de son fils parce qu'il s'en était peu occupé dans sa jeunesse après avoir quitté sa mère, la sœur d'un des grands intermédiaires du monde des affaires du Moyen-Orient, pour fonder une autre famille avec château en Écosse.

Nous entretenions avec Mohamed des relations cordiales et superficielles qui sont devenues plus émotives avec cette tragédie. Quand l'accident s'est produit, j'étais en vacances et je suis rentré immédiatement.

La perte de son fils a rendu Mohamed Al-Fayed totalement obsessionnel. Il s'est mis en tête qu'il s'agissait d'un assassinat organisé par les autorités britanniques pour mettre fin à cette relation entre la princesse et un Oriental. Il a décidé de porter plainte contre X. C'était un homme très affecté, avec un mélange de chagrin et de vanité blessée : il se voyait déjà membre de la famille royale. Chez Harrods, il avait fait dresser un petit autel consacré à la mort des deux jeunes gens. Il allait de plus en plus loin. Il a ensuite mis en cause le juge d'instruction, imaginant tout un complot destiné à empêcher la vérité d'éclater. Cette idée était reprise par une certaine presse, c'était vendeur, comme « l'information » que Diana était enceinte, ce qui n'a jamais été établi par aucun document sérieux. S'il n'avait tenu qu'à lui, il aurait accusé les autorités judiciaires d'avoir substitué l'analyse du sang d'un autre à celle du chauffeur, totalement alcoolisé cette nuit-là.

Quand nous étions reçus par le juge d'instruction, vingt journalistes nous attendaient à la sortie, les esprits étaient à vif. Je parlais à la place de Mohamed pour lui éviter de dire n'importe quoi. Tout cela s'est terminé sans inculpation. Mais il voulait des coupables, et des coupables britanniques. Il estimait impossible que le passage à Paris de la princesse n'ait pas alerté les services secrets britanniques. C'était probable, mais entre surveiller les allées et venues de Diana et lui tendre un piège totalement aléatoire – qui pouvait imaginer que le chauffeur allait s'engouffrer à cette allure sous ce tunnel ? – il y a une limite que je n'avais pas l'intention de franchir. Al-Fayed était allé jusqu'à parler de ses théories farfelues mettant en cause les services secrets britanniques au plus haut niveau de l'État français. Il a dépensé des fortunes aux États-Unis, dans l'espoir que les services secrets américains lui apprennent des choses sur leurs homologues anglais.

Je lui conserve néanmoins une indulgence morale. C'était pour lui une manière d'être moins malheureux. Être victime de la lutte des classes ou du racisme, est plus acceptable qu'être victime d'un fait divers stupide. Mais trop, c'était trop. Après l'avoir assisté deux ans dans cette affaire, j'ai laissé mon ancien collaborateur continuer seul de le défendre. Mohamed m'entraînait où il m'était impossible d'aller : je ne pouvais pas soutenir l'invraisemblable. Je ne l'ai plus jamais revu.

Marie Trintignant

La mort de Marie Trintignant a été une déflagration. Pour sa famille évidemment, pour la France entière aussi, qui a assisté heure par heure à la fin d'une actrice sublime et attachante, morte sous les coups de son compagnon, Bertrand Cantat, le chanteur de Noir Désir. Tous les ingrédients d'un drame public étaient réunis : une relation tumultueuse, un couple au tempérament de feu, de la passion et de la jalousie, le cinéma et le rock and roll, la tragédie absolue. Le 27 juillet 2003, on apprend que Marie Trintignant est dans le coma à la suite des coups assénés par Cantat dans leur chambre d'hôtel à Vilnius où elle tournait un film sous la direction de sa mère, Nadine Trintignant. Celle-ci m'appelle aussitôt. À l'époque, il y a une famille du cinéma et nous sommes tous liés : Nadine c'est Signoret, Signoret c'est moi. Elles se connaissaient très bien, s'appréciaient et c'est naturellement vers moi que Nadine se tourne. Personne ne sait que faire, la confusion est grande. Il est décidé de rapatrier Marie à Paris après qu'elle ait été opérée deux fois en vain à Vilnius. Jean-Louis Trintignant veut tenter une intervention de la dernière chance par le neurochirurgien Stéphane Delajoux, qui ne pourra malheureusement rien faire. Marie meurt le 1er août à Neuilly, plongeant les parents dans une douleur insondable. Elle est inhumée au Père-Lachaise quelques jours plus tard. Son frère a demandé que l'on soit tous habillés en blanc, ce qui était assez étrange. Je ne connaissais pas personnellement la victime, mais ce personnage peu commun, qui avait quatre enfants de quatre pères différents, cette femme libre et libérée, me touchait.

Le crime ayant eu lieu à l'étranger, l'affaire s'annonce d'emblée compliquée. Nadine tient absolument à une procédure en France, mais les Lituaniens refusent de se dessaisir. Il y a une susceptibilité d'État : en tant que pays démocratique, ils se considèrent capables de mener ce procès. Je me mets en relation avec un pénaliste renommé de Vilnius et je trouve en France un jeune maître-assistant d'université d'origine lituanienne qui sera mon interprète tout au long de l'affaire. On m'informe que je ne pourrai pas plaider car il faut le faire en lituanien, mais que je pourrai intervenir si je suis aux côtés d'un avocat du pays. Je demande mon visa et les autorisations nécessaires et je commence à correspondre avec mon confrère lituanien. Jean-Louis est terrassé de douleur. Nadine est plus combative, mais dévastée elle aussi. Elle écrira plus tard un livre dans lequel elle traitera Cantat d'assassin, ce qui lui vaudra un procès à Paris dans lequel je la défendrai à nouveau.

À l'époque, on ne parlait pas encore de féminicide. Seule la chanteuse Lio, très amie avec Marie Trintignant, qui avait eu elle-même à souffrir de violences conjugales, insistait sur cette dimension.

Les faits étaient clairs. Bertrand Cantat s'ennuyait à Vilnius alors que Marie jouait toute la journée et il vivait mal de n'être pas la star et l'objet de toutes les attentions. La veille, le couple se rend chez des amis où ils boivent beaucoup et consomment probablement de la drogue. De retour à l'hôtel, ils se disputent violemment au sujet d'un message envoyé par l'ancien mari de Marie, Samuel Benchetrit. Cantat la frappe très fort à plusieurs reprises puis la porte dans son lit sans se soucier davantage de son état. Au milieu de la nuit, il appelle Vincent, le frère de Marie, tout en lui assurant de manière désinvolte qu'elle dort. Les deux hommes mettent du temps à s'apercevoir qu'elle va très mal. Vincent finit par appeler les secours au petit matin. On transporte Marie à l'hôpital, trop tard.

Cantat dira ensuite qu'il lui avait donné quatre claques, mais le rapport d'autopsie est impitoyable. Affolé par son acte, il avale alors des médicaments, on le conduit lui aussi à l'hôpital dans un service distinct où on lui fait un lavage d'estomac. Personne ne fait le lien entre eux deux à l'hôpital. Lorsque le rapprochement est fait, on le met sous mandat de dépôt et il est incarcéré.

L'instruction se poursuit. Le juge français s'y rend même une fois, Cantat est renvoyé au tribunal criminel de Vilnius. Il s'agissait d'un tribunal composé de trois juges professionnels et d'un procureur, sans jurés. À l'audience, il ne m'a pas fait très bonne impression, je l'ai trouvé pleurnichard, décidé à jouer l'homme désespéré d'avoir perdu la femme aimée. Certes, il n'avait pas voulu la tuer, il s'agissait de coups et blessures ayant entraîné la mort sans intention de la donner. Reste son indifférence coupable devant le corps de Marie. Il avait choisi comme avocat Olivier Metzner et il était très entouré par sa famille, sa mère et son frère. Il y a eu tout un complot de ses proches – auquel lui-même ne se mêlait peut-être pas – pour essayer de noircir la vie de Marie, les amants qu'elle aurait eus, sa supposée légèreté. Avec Metzner, tout au long de ce dossier, les relations ont été extrêmement tendues. On m'avait dit que je pourrais intervenir dans le procès et je pensais qu'il en était de même pour lui, ce n'était pas le cas. Il existe une disposition de la loi lituanienne qui permet à la partie civile de faire appel à quelqu'un qui n'est pas avocat du pays, mais cette disposition n'est pas prévue pour l'accusé. Je pouvais parler et pas Metzner, ce qui l'a mis hors de lui. Il a commencé à faire des déclarations virulentes à la presse, disant qu'il était insensé que le contradictoire ne soit pas respecté alors que je n'y étais pour rien. Il est resté sur cette ligne complotiste.

La véritable vedette de ce procès était Krisztina, l'épouse de Bertrand Cantat. C'était une très jolie femme s'exprimant avec autorité, elle avait une présence physique troublante. Nadine avait entendu dire qu'elle s'était plainte d'avoir été frappée mais devant le tribunal, elle défendait le père de ses enfants et jurait qu'elle ne serait jamais restée avec un homme violent. Elle l'a protégé avec beaucoup d'élégance. Son attitude a été très importante pour la défense. Du côté de Marie, le rapport d'autopsie pesait énormément car il montrait de façon irréfutable la violence et le nombre des coups, dont un au nez qui avait dû l'empêcher de respirer. On aurait également pu inculper Cantat de « non-assistance à personne en danger » tant il était évident que l'état de Marie exigeait des secours immédiats. Je suis intervenu à plusieurs reprises dans le procès, interprété par mon fidèle assistant, pour empêcher que les débats ne dérivent vers l'accident imprévisible et que la mémoire de Marie ne soit salie. Le soutien et la présence des anciens époux de Marie, François Cluzet, Samuel Benchetrit et Richard Kolinka, ont été précieux. Jean-Louis Trintignant, pétrifié de douleur, n'avait pas fait le déplacement.

Bertrand Cantat a été finalement condamné à huit ans de prison. Nadine trouvait que ce n'était pas suffisant, mais je lui ai expliqué que juridiquement, il ne s'agissait pas d'un meurtre et qu'en France, la peine aurait probablement été la même. Il a commencé à purger sa condamnation en Lituanie puis il a obtenu d'être transféré en France et dans sa prison du Midi, il a bénéficié d'un juge d'application des peines très indulgent. Il a eu le droit de faire de la musique, de recevoir les membres de son groupe. Dès qu'il a atteint la date où il était théoriquement libérable – que d'habitude on dépasse – il a bénéficié d'une liberté conditionnelle. Il a réaménagé chez Krisztina. Le 10 janvier 2010, cette dernière a été retrouvée pendue. Bizarrement, l'enquête a été rapidement clôturée alors qu'il était possible de poursuivre Bertrand Cantat pour non-assistance à personne en danger. Il aurait fallu pour cela que quelqu'un dépose une plainte. La mort de Krisztina a entraîné l'explosion du groupe, plusieurs de ses membres ont commencé à dire la vérité sur le caractère violent du chanteur, mais c'était beaucoup trop tard. Le jour du suicide de Krisztina, Bertrand Cantat était dans la maison et encore une fois, il dormait. Il dort toujours quand ses femmes meurent…

Liberté d'expression

Bien avant le procès de *Charlie Hebdo* j'ai toujours eu à cœur de défendre la liberté d'expression. Lorsque j'ai débuté, de nombreuses restrictions législatives pesaient en la matière. Elles ont disparu petit à petit. En 1969, lorsque le général de Gaulle est mort, *Hara-Kiri* avait publié le fameux « Bal tragique à Colombey – 1 mort » qui avait entraîné son interdiction à la vente et son dépôt de bilan. *Charlie Hebdo*, son héritier, est né en 1970 sous la houlette de François Cavanna et du Professeur Choron, un journal moins bête mais tout aussi méchant que j'ai défendu au procès dit des « caricatures de Mahomet » aux côtés de mon ancien collaborateur et toujours ami Richard Malka.

Dès 1962, je me suis retrouvé à plaider la dernière affaire d'offense au président de la République, pour le très talentueux journaliste et écrivain Pierre Bourgeade. Georges Pompidou l'avait poursuivi après qu'il s'en était pris violemment à lui pour avoir gracié le milicien Paul Touvier. Bourgeade avait reçu le soutien de plusieurs résistants, dont Vladimir Jankélévitch et Jean Casson. Cette dix-septième chambre fonctionnait à plein régime. Elle était parfois un peu décourageante car nous nous y retrouvions pour des cas à la limite du ridicule. Je me rappelle ainsi avoir défendu Michel Foucault qui était poursuivi pour avoir diffusé un tract sans mention de l'imprimeur alors que c'était, en réalité, son contenu qui gênait le pouvoir politique. Celui-ci, via la justice, s'abritait derrière des arguties juridiques pour s'en prendre à la liberté d'expression. Michel Foucault s'était présenté au tribunal avec une tablette à polycopier et avait lancé : « L'imprimerie, la voilà ! » Il a quand même été condamné à une amende avec sursis, Mme Rozès, la remarquable présidente du tribunal, ne voulant pas admettre que la poursuite était sans fondement. J'appréciais beaucoup Mme Rozès, elle incarnait la censure souriante. Elle était très courtoise à l'égard des intellectuels poursuivis. Les lois sur l'outrage aux bonnes mœurs sont tombées en désuétude et pendant plusieurs décennies, la dix-septième chambre n'a plus été le théâtre de combats politiques.

En 2006, la reprise par *Charlie Hebdo* de douze caricatures danoises se moquant de Mahomet provoque un émoi énorme dans le monde musulman. L'Union des organisations islamiques de France (UOIF), la grande mosquée de Paris et la Ligue islamique mondiale engagent alors une procédure pour injure publique à l'égard d'un groupe de personnes en raison de leur religion. Ils s'attaquent à la publication de plusieurs caricatures et de la une dessinée par Cabu représentant Mahomet se prenant la tête dans les mains et s'écriant : « C'est dur d'être aimé par des cons », surmonté du titre : « Mahomet débordé par les intégristes ».

Ce qui est au cœur des débats c'est évidemment la liberté d'expression par la caricature et la liberté d'expression tout court. À part quelques arrêts isolés de la Cour européenne de justice, l'essentiel de la jurisprudence, tant française qu'européenne, est très protectrice de la presse. Nous étions en pleine campagne présidentielle, de telle sorte que de nombreux hommes politiques sont venus témoigner, notamment François Hollande au nom du Parti socialiste. Et puis, un jour est arrivée pendant les débats une lettre de Nicolas Sarkozy au tribunal. À la surprise de tous, parce qu'on pensait qu'en campagne électorale, il allait se rallier aux associations musulmanes, Sarkozy prend honnêtement parti pour la liberté d'expression. Cette prise de position donne d'ailleurs lieu à un échange comique avec Francis Szpiner, avocat de la partie adverse. Il veut minimiser cette lettre en expliquant qu'elle est sans valeur car tout témoignage doit être accompagné de la photocopie de la carte d'identité de son signataire, ce qui n'était pas le cas. J'ai alors ironisé : « Monsieur le président, Maître Szpiner a montré sa compétence, vous pouvez ne pas joindre ce témoignage au débat, et je suis sûr que ni le tribunal ni la presse n'en feront état. » Évidemment, tous les médias l'ont repris.

Sur le fond, je pense que le blasphème ne peut pas être puni. Et comment demander à *Charlie* de faire preuve de délicatesse alors que toute l'essence de ce journal est d'essayer de faire rire par l'indélicatesse ? Moi je défends *Charlie*, même si je ne lis pas *Charlie*. Cela résume bien ma position. Faut-il créer un délit d'indélicatesse ? Évidemment non. *Charlie* repose sur un anticléricalisme qui n'est pas seulement à destination des musulmans. Richard Malka l'a montré très brillamment et très drôlement. Il a pris les plaignants à leur propre piège : « Vous voulez être traités comme tout le monde ? Je vais vous montrer comment *Charlie* traite les autres. » Il a alors sorti des couvertures d'une grossièreté et d'un outrage absolus à l'égard du pape, des rabbins, etc. Le jugement nous a donné très largement raison.

Je dois l'avouer : je n'aurais jamais imaginé que cette histoire aboutisse à la tuerie de 2015 et à l'assassinat de la quasi-totalité de l'équipe du journal. Ça a été pour moi un choc et une tristesse totale. Certains ont attisé les haines en mêlant vrais et faux dessins qui s'en prenaient de façon abominable au Dieu des musulmans, il y a eu vraiment manipulation des foules. Qu'on aime ou pas *Charlie* – et personne n'est obligé de le lire –, rien ne peut justifier ces meurtres. Lors de ce premier procès, le débat sur l'islam radical n'a été que sous-jacent, je le regrette aujourd'hui. Nous avions collectivement sous-estimé la dangerosité de l'extrémisme musulman et la part de violence dans l'islam en général, violence que l'on voyait pourtant poindre dans un certain nombre de textes et de propos. Notre vigilance collective n'a pas été assez grande. Nous devons être intraitables dans la défense de la liberté d'expression face à ses ennemis, c'est un combat que Richard Malka poursuit avec beaucoup de courage et de talent.

Liliane Bettencourt

L'affaire Liliane Bettencourt réunit tous les ingrédients romanesques. Des relations familiales houleuses, de l'argent à profusion, une rivalité mère-fille, des trahisons et des déceptions, des escrocs et des profiteurs, des demeures de rêve et des îles paradisiaques, de l'amour et de la solitude. J'avais entendu parler du conflit qui opposait Mme Bettencourt à sa fille Françoise Bettencourt-Meyers dans la presse. L'avocat de cette dernière, Olivier Metzner, menait une grande campagne médiatique contre l'héritière du groupe L'Oréal. Il avait soutenu très tôt qu'elle n'avait pas toute sa raison, et qu'un certain nombre de personnes abusaient de sa faiblesse pour obtenir des cadeaux somptueux. Selon maître Metzner on pouvait tout craindre, y compris qu'elle brade l'empire L'Oréal. Liliane Bettencourt était représentée par Paul Lombard, qui avait été écarté après s'être compromis en déjeunant avec le procureur de Nanterre. L'homme qui s'occupait des intérêts financiers de Mme Bettencourt, Patrice de Maistre, avait pour avocat personnel Pascal Wilhelm.

De Maistre et Wilhelm m'invitent un jour au Jockey Club, près des Champs-Élysées, pour me proposer de reprendre la défense de Liliane Bettencourt. J'ai évidemment accepté : une affaire comme celle-ci, mêlant l'humain et le financier, le pouvoir et la psychologie, il ne s'en présente pas si souvent. Je demande à rencontrer ma cliente. On me répond qu'elle est aux Baléares et que l'on va m'envoyer un avion. J'atterris quelques jours plus tard à Palma de Majorque, une voiture vient me chercher et m'emmène dans le nord de l'île. Un majordome s'excuse car il n'y a plus de chambre d'amis disponible dans la propriété et m'informe qu'on m'a réservé une chambre dans un « petit hôtel » de Majorque où avait séjourné Winston Churchill. Tout cela s'annonce très bien. La rencontre se déroule lors d'un déjeuner au bord de la piscine d'une sublime villa. Il y a là l'écrivain et photographe François-Marie Banier contre lequel la fille de Liliane a porté plainte en décembre 2008 pour abus de faiblesse, un homme charmant que Mme Bettencourt a l'air d'adorer. Je découvre une femme très amusante, pétillante, l'esprit vif. Je me rappelle encore le mot qu'elle a eu à mon égard à la fin du déjeuner : « Maître Kiejman, en somme, vous êtes un vieux monsieur qui feint d'ignorer sa jeunesse. »

Lors de ce déjeuner, elle me raconte son conflit perpétuel avec sa fille qui lui reproche de dilapider la fortune familiale. Ces accusations ne tiennent pas à ses yeux et pour plusieurs raisons. La première, que Metzner se garde bien de dire, c'est qu'elle a déjà cédé la nue-propriété de l'essentiel de ses actions à sa fille, et elle lui a donné plusieurs de ses propriétés immobilières. Françoise n'est donc pas lésée comme elle et son mari le prétendent. La mère a conservé ses revenus, mais une grande partie de son capital a déjà été transmis. Elle me démontre que le groupe n'est pas en péril comme le laisse entendre le conseil de sa fille et que la deuxième fortune de France derrière Bernard Arnault n'est menacée d'aucune sorte.

Le dossier est complexe, mais passionnant. Nous avons tissé à ce moment-là une forme d'amitié. Je me suis rendu chez elle en Normandie, j'allais déjeuner fréquemment à Neuilly. Nous parlions de tout et de rien. Je me suis aperçu qu'elle avait beaucoup de goût, elle s'intéressait aux arts et avait souffert de n'avoir jamais été vraiment entendue. Il est évidemment autrement plus triste d'être seul et pauvre, mais la richesse ne l'avait pas mise à l'abri d'une forme de solitude. J'avais à cet égard une certaine sympathie pour Liliane. À quatre-vingts ans, elle était une vieille petite fille riche. Elle donnait l'impression de n'avoir jamais été maîtresse de son destin. Un jour, je lui avais demandé un peu brutalement : « Votre fille Françoise, vous l'aimez ou vous ne l'aimez pas ? » Elle m'avait répondu : « Je l'aime parce que c'est ma fille. »

Elle avait perdu sa mère très jeune, son père était son dieu et elle avait été élevée sous l'autorité sévère et froide, des institutions religieuses. Son père était un fils de boulanger devenu un chimiste exceptionnel, qui avait lancé des produits grand public dans un domaine nouveau. C'était un génie des affaires à qui on a reproché une attitude de collaboration pendant la guerre. Liliane est devenue l'épouse de Bettencourt, un grand bourgeois réactionnaire, catholique conservateur qui, grâce à la fortune de sa femme a obtenu quelques postes ministériels. Il se disait qu'il n'aimait guère les femmes. Pour toutes ces raisons, la vie de Liliane n'avait pas été très heureuse. Elle avait dû se contenter de faux-semblants et d'amies conventionnelles qui ont été choquées quand elle s'est « toquée » de ce jeune homme pétulant qu'était Banier. Il était léger, ne respectait aucune des règles de la politesse bourgeoise, il la traitait comme si elle était une jeune fille, y compris dans sa manière insolente de lui parler. Il l'emmenait à des expositions, lui faisait financer du mécénat et, bien entendu, en profitait. Il lui a donné une bouffée d'oxygène extraordinaire et elle l'a couvert de ses bienfaits en retour. Jusqu'à cette rencontre, sa vie tournait autour de L'Oréal et d'actions caritatives. Tout à coup, elle s'est autorisée à vivre, à rire, à profiter, à s'amuser. Avec Banier, elle respirait. Elle voyageait avec lui et son compagnon, Martin d'Orgeval, qui était charmant lui aussi. Banier est très doué pour se rendre indispensable et vous donner l'impression que vous êtes quelqu'un de formidable. Liliane était tout à fait consciente de ce qu'elle lui donnait, même si le total, évalué par les juges à près d'un milliard d'euros, donnerait le tournis à n'importe qui. Il ne l'a pas escroquée, elle lui a donné énormément d'argent, mais elle en avait tant que ça ne la mettait pas en péril, ni l'entreprise. Banier a entraîné dans sa chute des gens de bonne foi comme le notaire, qui a demandé dix fois à Liliane : « Êtes-vous consciente de ce que vous faites ? » Il a aggravé son cas en étant maladroit. On prétendait qu'il disait : « Il y a assez d'argent pour deux. » Il devait agacer beaucoup de gens, à commencer par le personnel. Il était désinvolte, sans gêne, pouvait rentrer dans la chambre de Liliane sans frapper, mais ça ne semblait pas la déranger.

Sa fille ne pouvait que prendre ombrage de cette familiarité. Je l'ai très peu vue, mais elle m'a fait l'effet de quelqu'un de raide. Il est possible qu'elle ait eu peur pour son argent, mais là n'était pas l'essentiel. Quelque chose de plus complexe dans les relations mère-fille s'est joué. Son mari, qui n'avait pas trouvé son vrai rôle chez L'Oréal, n'œuvrait pas non plus en faveur d'un apaisement.

Liliane Bettencourt était mal conseillée dans la gestion de son patrimoine. Ce milieu de la bourgeoisie d'affaires française est obsédé par l'optimisation fiscale. Alors qu'elle avait d'immenses revenus perçus en France, sur lesquels elle payait beaucoup d'impôts, elle avait quelques dizaines de millions sur un compte en Suisse, une somme qui ne représentait rien pour elle et lui faisait prendre des risques judiciaires idiots. N'importe quel conseiller véritablement compétent lui aurait suggéré de les rapatrier et de payer une pénalité au Fisc.

Je dois admettre qu'à la toute fin de notre relation, elle a un peu sombré. En 2010, elle a été amenée à passer un accord conclu derrière mon dos par Wilhelm, où elle cédait tout à sa fille et introduisait dans ses affaires son gendre, à l'égard duquel elle avait jusqu'alors manifesté beaucoup de méfiance. En marge du protocole, elle signait un chèque de douze millions d'euros aux avocats adverses, ce qui était proprement scandaleux. C'était dix fois plus que ce qui avait été réglé à mon cabinet pour l'avoir défendue ! Après ces accords, une des premières choses qu'a faites Françoise, c'est de me faire renvoyer par sa mère. C'est là que j'ai compris que Liliane commençait à décliner. Je suis allé déjeuner avec elle une dernière fois sans lui faire le moindre reproche. Elle m'a dit : « Maître, il faut être très gentil avec votre père. » Elle savait pourtant qu'il était mort à Auschwitz. Elle était passée de l'autre côté de la rive. Elle est morte de tristesse et d'ennui dans une prison dorée.

L'argent

Je ne dirais pas que l'argent corrompt tout, mais je n'ai jamais essayé de faire fortune. Je me suis débrouillé pour avoir une vie confortable, c'est-à-dire à l'abri des humiliations du quotidien. Tout était mieux que la condition misérable de mon enfance. Quand on m'assimile à la « gauche caviar », je ne peux que sourire. J'ai attendu mon premier mariage pour avoir des toilettes à moi et une douche dans mon appartement. Par la suite, j'ai trouvé merveilleux d'avoir deux toilettes, un bout de terrasse avec trois arbustes. Je n'ai jamais cherché à accumuler. J'ai acheté en 1974 l'appartement où je vis aujourd'hui, c'est mon seul patrimoine. Je n'ai jamais ressenti le besoin d'avoir un chauffeur, une voiture, comme beaucoup d'avocats qui réussissent. Les taxis m'ont toujours convenu. Les voitures ne m'intéressent pas, je ne crois pas aux bijoux, j'ai toujours préféré offrir des livres. J'aime les restaurants, les voyages « et puis les femmes, les femmes qui ont les yeux bleus ».

Étudiant, je donnais l'argent que je gagnais à ma mère. Quand mes deux copains, Serge Hautier et Raymond Hochman, venaient me chercher pour écumer les dancings du samedi soir, je ne pouvais pas m'asseoir à une table et commander une consommation car je n'avais pas un sou. Je circulais donc entre les tables, l'air de rien. De temps en temps, je m'offrais une place de cinéma.

Mon premier chèque en tant qu'avocat, j'ai voulu le garder et ne pas le toucher à la banque, tellement il me semblait précieux. Jusqu'à mon premier mariage j'ai continué d'habiter ma chambre de bonne. Avec ma première épouse, nous nous sommes ensuite installés dans un petit appartement de la rue de l'Université, qui était convenable, doté de deux pièces et d'une cuisine. Lorsque j'ai commencé à gagner de l'argent, au début des années 1960, je devais payer les bureaux de mon cabinet si bien que je restais dans un équilibre incertain.

Dans un de ses romans, Françoise Giroud me décrit en avocat sans le sou, ce n'était pas tout à fait faux. Je n'ai jamais couru après les affaires lucratives. Pour un dossier Bettencourt, j'ai défendu gratuitement des dizaines de clients. En ce qui concerne les affaires pénales, la rémunération est compliquée : les clients sont généralement pauvres, et plutôt que de leur demander des sommes dérisoires qui pour eux sont énormes, je préférais ne rien facturer. Les pénalistes règlent souvent ce problème en défendant des délinquants professionnels, les proxénètes autrefois, les trafiquants de drogue, les escrocs de haut vol, les cols blancs aujourd'hui. Je me suis contenté de quelques cols blancs.

Mon moteur n'est pas l'argent. Être reconnu comme intelligent, talentueux a toujours été beaucoup plus important pour moi. Être admiré, aimé des femmes, encore davantage. Avec le temps, des gens fortunés ont fait appel à moi, des producteurs, des éditeurs et beaucoup plus tard, à la fin de ma carrière, des hommes d'affaires et ma situation s'est améliorée. Dès que les frais de mon cabinet étaient couverts, j'étais content, cela me suffisait.

Il y a toujours eu en revanche chez moi une volonté du paraître, une sorte de dandysme, un attachement farouche à une certaine élégance. Lorsque j'étais jeune, je n'avais pas ce laisser-aller des étudiants bourgeois qui fréquentaient la fac de droit. Je ressemblais à un petit prince alors que j'allais faire le cloueur dans un atelier de fourrure après les cours.

Lorsque je travaillais chez René Moatti, au 33 rue Marbeuf, nous étions à côté de Cifonelli, le grand tailleur à la mode. Il faisait à son jeune voisin des prix d'ami. J'ai découvert le sur mesure, le délice des vêtements fabriqués pour soi et non pour d'autres. Un beau costume, lorsqu'il ne vous serre pas aux épaules, donne de l'assurance.

Quand on a longtemps porté les vêtements des autres, il y a un certain plaisir à porter les siens. J'apprécie l'allure, j'ai le goût des tissus, de la douceur des étoffes, de la grâce des coupes… M'habiller chez Charvet m'est plus agréable que d'être académicien. J'aime être un dandy sans fortune.

Je dis souvent que lorsqu'on a été très pauvre, il n'y a pas de honte à aimer déjeuner au Ritz, surtout si l'on est accompagné.

Sarkozy

Je ne connaissais pas particulièrement Nicolas Sarkozy, même s'il m'arrivait de le croiser. En 2006, son épouse Cécilia vient me voir à mon cabinet. Elle m'explique qu'elle veut divorcer, que son mari refuse et qu'elle cherche quelqu'un qui n'ait pas peur de lui. Un divorce est toujours compliqué. Quand il intervient dans un couple très médiatisé, il l'est davantage encore. La période était extrêmement sensible puisque Nicolas Sarkozy était en campagne pour la présidence de la République, et tous les projecteurs étaient braqués sur lui.

Cécilia me donne l'impression d'une femme qui sait ce qu'elle veut, très éloignée du charme fondant de Carla Bruni. À sa demande, j'écris à Nicolas Sarkozy la lettre d'usage : « J'ai été saisi par votre épouse, j'espère comme vous qu'une procédure amiable est possible, donnez-moi le nom de votre conseil que je prenne contact avec lui… » Il saisit son téléphone et, avec la familiarité qui le caractérise, me lance comme si nous nous fréquentions depuis toujours : « Mon cher Georges, il n'est pas question de prendre un avocat de mon côté, j'ai toute confiance en vous, il faut arriver à un accord, vous avez raison. Soyez notre avocat à tous deux. » Je réponds qu'il faut que Cécilia accepte, je l'appelle donc et lui explique que si nous ne parvenons pas à un accord, je ne pourrais plus plaider ensuite de manière contentieuse contre lui. Je rédige une requête conjointe, je prends contact avec le notaire pour organiser le partage des biens qu'ils ont en commun : un appartement, quelques comptes, c'est assez simple. En revanche, la discussion se tend sur leur fils Louis : Nicolas Sarkozy souhaite une garde partagée, mais son épouse veut partir vivre aux États-Unis avec son nouvel amour.

Je prends rendez-vous avec le président du tribunal à Paris. Par souci de discrétion, nous nous mettons d'accord pour fixer une audience en fin de semaine à 7 heures du soir quand il n'y a plus personne au palais. Le jour dit, Sarkozy téléphone au président du tribunal, s'excusant d'un empêchement de dernière minute. Sans plus de nouvelles, je pars en vacances en Italie et à ma grande surprise, un journaliste du *Journal du dimanche* m'appelle en me disant qu'il a appris que je m'occupais du divorce. Je nie et me contente de dire qu'ils m'ont consulté amicalement sur certains problèmes.

Un peu plus tard, Nicolas me téléphone : « Georges, je voudrais que vous contactiez Cécilia pour lui dire que je l'aime. » Je lui réponds qu'il serait peut-être plus judicieux qu'il le lui dise lui-même. Il a l'air si désemparé que je lui promets de le faire. J'appelle donc Cécilia qui émet un grognement indéchiffrable. Je rassure Nicolas et m'attèle à nouveau au dossier, mais il semble qu'à l'approche de l'élection, Cécilia se soit décidée à regagner le domicile conjugal. Nicolas Sarkozy est élu, sa femme à ses côtés, et il n'est plus question de divorce. Du moins c'est ce que je crois.

Quelques mois plus tard, je lis dans la presse qu'ils se sont présentés tous deux au tribunal de Nanterre pour divorcer avec, pour conseil commun, mon amie Michèle Cahen, la « reine des divorces ». J'ai très mal pris cette mauvaise manière. Je le lui ai dit.

J'ai défendu Pierre Mendès France et François Mitterrand sans jamais leur demander un franc car il s'agissait d'amitié. J'ai fait de même pour Jacques Chirac car j'estimais que l'image de la France était en question. Pour cette affaire privée entre les époux Sarkozy je souhaitais, en revanche, être rémunéré pour le travail important que j'avais accompli. J'en ai parlé à Nicolas qui m'a répondu très poliment d'envoyer ma note d'honoraires qu'il s'engageait à acquitter dans l'heure. J'attends toujours. Personne ne s'est excusé ni ne m'a passé un coup de fil. Les gens de pouvoir pensent souvent que tout leur est dû.

Jacques Chirac

Cette impression du « tout m'est dû » a été renforcée lorsque j'ai eu à plaider pour Jacques Chirac. Je l'avais aperçu à des remises de décoration ou en d'autres occasions protocolaires. Son épouse Bernadette me disait toujours, lorsque je la croisais, qu'elle me considérait comme un excellent avocat et qu'elle viendrait me voir si jamais elle avait un jour un ennui. Je prenais ça pour une mondanité. En 2011, quand Jacques Chirac a été sur le point d'être jugé dans le cadre de l'affaire des emplois fictifs de la mairie de Paris, j'ai vu débarquer à mon cabinet boulevard Saint-Germain son épouse et l'homme d'affaires François Pinault, me demandant de rejoindre la défense du président Chirac. Ils devaient penser qu'avec un avocat de gauche, un ancien président de droite pourrait s'attirer davantage les faveurs des juges. Pour moi, Jacques Chirac était le président qui avait eu le courage de reconnaître la responsabilité de l'État français dans la rafle du Vélodrome d'Hiver. J'ai accepté en m'assurant que son principal avocat, Jean

Veil, était d'accord. Je n'ai pas demandé de rémunération. Je considérais que, quitte à défendre Chirac – ce qui n'était pas évident pour un avocat de gauche –, il fallait le faire pour le principe. J'estimais que le procès fait à l'ancien chef d'État en tant qu'ancien maire de Paris était mesquin. Jacques Chirac n'était pas, à mes yeux, un homme politique très à droite, je lui trouvais certaines qualités. J'ai expliqué à son entourage qu'il était difficile de plaider pour quelqu'un que je ne connaissais pas du tout. Nous nous sommes retrouvés au restaurant. Sa fille Claude m'a donc organisé un déjeuner avec lui. Au cours du repas, je me souviens lui avoir demandé quelle image il souhaitait que l'on garde de lui. « Moi au musée Guimet », a-t-il immédiatement répondu. Cela m'a plu. Je l'ai trouvé charmant.

J'ai assisté à des réunions organisées dans son bureau où étaient présents ses avocats, sa fille, et son gendre Frédéric Salat-Baroux. Il était là, assez silencieux, il buvait du gin tonic à répétition, il me raccompagnait chaque fois à la porte très cérémonieusement en m'appelant « Monsieur le ministre ». Lors de ces réunions, on ne discutait pas beaucoup des détails du dossier qui était la partie de Jean Veil et d'un autre avocat, excellent, Éric Dezeuze. J'étais chargé de donner mon avis sur la stratégie. La mairie de Paris était partie civile et j'étais partisan de la désintéresser, sans reconnaissance de culpabilité, mais en lui payant ce qu'elle croyait avoir dépensé en trop à cause de nous. L'UMP s'est acquittée d'une partie de la somme, Chirac de l'autre.

Une question se posait : fallait-il utiliser sa santé fragile pour lui éviter le procès ? Son état s'est dégradé un peu au fur et à mesure. Une expertise a été demandée au professeur Olivier Lyon-Caen. Elle disait clairement qu'il ne pouvait pas participer au débat. On aurait pu s'en servir pour reporter le procès car un arrêt de la Cour de cassation admettait que, si quelqu'un était hors d'état de se défendre, il fallait disjoindre son cas et le renvoyer à plus tard. Mais pour des raisons politiques tout à fait honorables – il avait dit qu'il se comporterait comme un simple citoyen et ne se déroberait pas – Jacques Chirac ne s'est pas défilé et s'est fait représenter par ses avocats.

Le jour venu, Jean Veil a plaidé sur les faits, puis Éric Dezeuze et Marie Burguburu. Un vendredi, à la nuit tombante, je me suis levé pour plaider à mon tour : la pénombre a envahi les lieux, créant un effet puissant. Je plaide ce que je pense, comme toujours. Je m'inspire de la phrase de Malraux et leur dit : « Vous êtes devant une responsabilité extraordinaire. Vous pouvez juger l'ancien maire de Paris mais vous allez condamner ou non celui qui a représenté la France pendant douze ans. Vous avez donc le privilège de la mort : celui de transformer une vie en destin. » Je précise que Jacques Chirac n'est pas mon homme politique favori, mais qu'en tant que président et homme politique, il a incontestablement bien servi la France. J'en donne quelques exemples significatifs comme la dépénalisation de l'avortement où il soutient Simone Veil, le discours de la reconnaissance de la responsabilité de l'État français dans la rafle du

Vél' d'Hiv' dont j'aurais aimé que Mitterrand le prononce, son refus de s'aligner sur les États-Unis avant la deuxième guerre d'Irak. Et sur le plan culturel, cet amour des arts premiers fait de lui un véritable humaniste sous ses airs de capitaine de cavalerie. Je ne me force pas : il a représenté la France avec un certain lustre, est-ce nécessaire de punir le président pour les indélicatesses du maire ? Que vous le vouliez ou non, ajoutais-je, si vous le condamnez pour ces faits très anciens, ceux à qui il a eu le courage de résister se réjouiront. Et j'ajoute : « Vous pourriez prendre une voie médiane : le condamner sans prononcer de peine puisqu'il remplit toutes les conditions pour cela, il ne récidivera pas et il a désintéressé la partie civile. » Toutefois, il était difficile pour eux de ne pas le condamner car Alain Juppé l'avait été en ses lieu et place dans un premier procès. Jacques Chirac a donc été condamné en décembre à deux ans de prison avec sursis pour « détournement de fonds publics », « abus de confiance » et « prise illégale d'intérêts », des qualifications lourdes pour des négligences médiocres. Le verdict n'a pas été une surprise totale. Une nouvelle réunion a été organisée pour statuer s'il fallait faire appel ou pas. Il a été décidé que non.

En sortant du procès, pendant que j'attendais un taxi sur le trottoir alors que les autres repartaient en voiture avec chauffeur, Jacques Chirac m'a téléphoné et m'a remercié très gentiment et chaleureusement. Puis, j'ai été convié à un goûter, rue de l'Université, dans les bureaux mis à la disposition du président. Le verdict n'avait pas encore été rendu mais il a remercié tous les avocats, tous ceux qui avaient participé à sa défense. C'est la dernière fois que je l'ai vu.

Ni François Pinault, ni Bernadette Chirac, ni Claude Chirac n'ont pris la peine de m'écrire un mot. J'en ai été attristé. Une fois encore l'effort, la conviction, la réflexion préalable qu'exige une plaidoirie, ont été ignorés. Bien plus tard, Bernadette Chirac m'a invité dans un grand restaurant. Je pensais naïvement qu'il s'agissait de me dire enfin merci. Non : elle avait à nouveau quelque chose à me demander ! La garde statique chargée de la sécurité de leur propriété en Corrèze allait être levée et remplacée par une garde mobile. Elle voulait que j'intervienne auprès de François Hollande contre cette mesure d'économie qui l'offusquait. Je lui ai répondu qu'elle le connaissait mieux que moi et que je lui faisais confiance pour se débrouiller.

Roman Polanski

J'ai connu Roman en 1977 lorsqu'il est rentré des États-Unis en catastrophe à la suite de sa condamnation pour comportement sexuel inapproprié sur mineure par la justice américaine. Après qu'il eut purgé une peine là-bas et contrairement à ce qui était convenu, le juge entendait l'emprisonner à nouveau. Il avait décidé de quitter le pays et était considéré comme un fugitif. Je l'ai aidé à vivre cette période difficile, je me suis assuré qu'on ne le poursuivrait pas en France. Nous partageons tous deux cettc mêmc origine de juifs polonais nés en France qui nous a d'emblée attachés l'un à l'autre et qui nous lie à jamais. Un ciment de misère et de larmes, de douleurs qui nous rassemble dans une communauté d'âme. Roman était retourné avec ses parents à Cracovie à l'âge de trois ans. Après l'invasion de la Pologne en 1939, il a échappé miraculeusement à la déportation en survivant dans le ghetto avant de s'enfuir et de vivre en vagabond jusqu'à l'âge de dix ans. Tout le reste de sa famille a été déporté, sa mère est morte à Auschwitz alors qu'elle était enceinte. Plus que moi encore, Roman est un survivant, il aurait dû être rayé de la carte par la barbarie nazie. C'est quelque chose qu'on ne peut pas oublier. Il est ensuite devenu le réalisateur génial que l'on connaît, a été couronné de succès, mais le malheur l'a poursuivi. En 1969 sa femme, l'actrice Sharon Tate, enceinte de huit mois, a été atrocement assassinée ainsi que trois des amis du couple par les illuminés de la secte Manson dans leur maison de Cielo Drive, à Los Angeles. Il est difficile d'imaginer pire horreur.

Lorsqu'il est revenu des États-Unis, il était harcelé par les journalistes qui s'étaient installés en bas de chez lui, avenue Montaigne. Pour le soulager, je lui avais proposé un jour qu'une de mes amies le photographie sortant en catimini de chez lui pour aller au bistrot. La photo a été vendue à *Paris-Match*, mon amie a gagné de l'argent et Roman a été débarrassé des paparazzi : une fois qu'un reportage était sorti, les autres avaient perdu toute valeur marchande.

J'ai une immense admiration pour Roman cinéaste : *Rosemary's Baby*, *Chinatown*, *Tess*, *Le Pianiste* sont des chefs-d'œuvre. Il restera l'un des plus grands metteurs en scène de la seconde moitié du XXe siècle. Roman n'est pas le monstre que l'on a dépeint, même s'il avait le goût des jeunes filles, comme il l'a lui-même reconnu. Samantha Geimer avait treize ans, presque quatorze. Il n'aurait jamais dû avoir de relations sexuelles avec elle. Mais il a été puni pour cela, et la victime ne cesse de répéter qu'elle n'a pas été traumatisée et qu'elle lui a pardonné depuis longtemps.

Quand, en 2009, il est arrêté à Zurich et, après un séjour de deux mois en prison, est assigné huit mois à résidence, Hervé Temime et moi sommes allés à Gstaad le voir où il était détenu, puis dans son chalet. Je l'ai trouvé très digne à chaque fois. Je ne l'ai jamais entendu se plaindre, s'apitoyer. Le tort que peut lui faire la justice d'un pays démocratique, ce n'est rien pour un homme qui a grandi caché dans un placard et a vu sa mère emmenée vers la mort. Ce n'est rien non plus pour quelqu'un qui a perdu sa femme enceinte, comme l'était sa mère quand on l'a arrêtée. La vie de Roman a été une succession de cauchemars, il faut une force inouïe pour supporter tout ça.

Je me définis par rapport à Roman comme son « avocat ami », même s'il a eu bien d'autres avocats en France et ailleurs. Aujourd'hui encore, il me consulte et nous échangeons très régulièrement. Nous sommes deux amis qui se reprochent mutuellement de se couper la parole. Lorsqu'il a une idée en tête, on ne peut pas la lui enlever. Quand il lit un livre qui lui a plu, en général un essai, il veut vous convaincre de le lire et vous l'envoie le jour même comme le faisait François Truffaut. Assez étrangement, nous avons un lien plus familial qu'amical. Nous sommes très différents. Roman est politiquement réactionnaire, très conservateur sur les questions de société. Je lui reproche son manque d'ouverture. Ainsi, quand j'ai été fait grand officier de la Légion d'honneur, il n'a pas voulu faire partie des invités parce qu'il n'apprécie pas François Hollande. En dépit de ça, notre lien ne se discute pas, nous nous faisons confiance, nous serons toujours là l'un pour l'autre. Roman est un homme de cœur. Nous nous téléphonons comme si nous étions deux cousins. Il a trouvé en Emmanuelle Seigner une compagne formidable qui le soutient admirablement. Nos enfants, petits, jouaient ensemble. Nous nous retrouvions dans des jardins ou des maisons d'amis, j'en garde des souvenirs très joyeux. Roman fait partie de ceux, pas si nombreux, qui m'accompagneront jusqu'au bout.

François et Fanny

On sonne à la porte. Une amie fidèle vient vérifier que je ne suis pas mort. Ça ne vous dérange pas de lui ouvrir ? Permettez-moi de vous présenter Fanny Ardant. Quand nous nous sommes rencontrés, Fanny était la compagne de François Truffaut.

Truffaut n'avait pas d'amis intimes, les hommes ne l'intéressaient pas beaucoup, il préférait la compagnie des femmes. Nous nous aimions néanmoins beaucoup, nous avions des goûts communs, celui des femmes justement, mais aussi celui des livres. Les femmes et les livres occupaient l'essentiel de nos conversations. Et puis il y avait la politique. François n'admirait comme moi qu'un seul homme, Mendès France.

Nous nous sommes rencontrés lorsqu'il m'a confié les affaires de sa société de production, Les Films du Carrosse. Il m'a associé au combat de la Cinémathèque car il était très proche de Langlois. Il y avait également les *Cahiers du cinéma* qui nous réunissaient et le combat contre la censure de *La Religieuse*. Il s'entendait très bien avec Marie-France. Elle me disait : « Dans les biographies de François, on me met dans la liste de ses maîtresses. Je l'aurais été volontiers, sauf qu'il ne s'est rien passé. »

Truffaut et moi sommes nés la même année. Il était comme moi totalement autodidacte et ne jurait que par la littérature. Il avait un protégé, Jean-Pierre Léaud, qui, un temps, est aussi devenu le mien. François était un homme délicieux, ironique, réservé. On ne se faisait jamais de confidences très intimes, mais je le considérais tout de même comme un ami.

J'ai fait des choses très personnelles pour lui. Il m'a ainsi demandé de me lancer à la recherche de son père biologique. Il était l'enfant naturel d'une jeune femme de très bonne famille avec un nom aristocratique qui l'avait élevé après que son père s'est évaporé. Il y a d'ailleurs toujours des histoires de beaux-pères dans ses films. Nous avons engagé un détective privé et découvert que son père était dentiste dans une ville de l'est de la France. François a changé d'avis à la dernière minute : il était pétrifié et a refusé de le rencontrer. Il craignait de faire de la peine à son beau-père, auquel il devait beaucoup, à commencer par son nom.

Au moment de sa mort, nous avions prévu d'écrire ensemble un scénario tiré de l'assassinat de la duchesse de Choiseul-Praslin, en 1847, par son mari qui entretenait une relation avec la gouvernante de leurs enfants. Le fait divers avait déjà fait l'objet d'un film avec Bette Davis, *L'Étrangère*, que François n'aimait pas du tout parce que l'héroïne en était la gouvernante. Il avait eu l'idée de refaire un film dont le personnage principal aurait été l'épouse, incarnée par Fanny. François m'avait fourni le fac-similé incroyable des interrogatoires du duc de Choiseul-Praslin, qui s'est suicidé avant son procès. J'ai toujours gardé la lettre où il me parle de quelques idées pour le scénario.

François m'a présenté Fanny à l'occasion d'un dîner dans un bistrot parisien alors très à la mode, chez Allard, doté d'un petit bar pour les VIP sur la gauche. Je nous revois, Truffaut assis en face de Laure et la belle Fanny en face de moi. Fanny et moi étions grands tous les deux et nous avions du mal à glisser nos jambes sous la table, aussi nous les étendions dans l'allée. Je ne pouvais pas m'empêcher de regarder entre ses genoux, une vue troublante et sublime, les femmes portaient encore des bas en ce temps-là.

Bien plus tard, après la mort de François, nous avons eu un rapprochement que nous avons presque oublié. Fanny ne voulait pas avoir de relation avec un homme marié. Notre amitié a toujours été plus forte que notre histoire amoureuse, mais cette dernière a permis de créer une certaine intimité entre nous. J'ai sûrement été plus amoureux d'elle, qu'elle de moi.

Il ne se passe pas une semaine sans que nous ne nous parlions. Elle est également une grande lectrice. Il y a encore peu, nous allions au théâtre ensemble, au cinéma, en week-end, comme de vrais amis. Elle me demande mon avis sur ses projets professionnels, je lui donne des conseils inutiles, elle me secoue quand je me laisse aller à la mélancolie. Il m'est infiniment doux de penser qu'elle fait partie de ma vie, sonnant à ma porte, élégamment vêtue, le port de tête altier, tour à tour emportée et tendre, irritante parfois, toujours entière et séduisante.

Les femmes

À cette heure de ma vie, on me demande souvent ce que je retiens de ma carrière, on m'interroge sur mes faits de gloire, les procès qui ont marqué l'opinion, mes incursions au cœur du pouvoir. J'ai traversé le siècle passé, ses éclats et ses flamboyances, ses bouleversements et ses soubresauts. J'ai chevauché le suivant. J'ai été enthousiaste et déçu, j'ai connu la pauvreté et la guerre, la Shoah, les plus grands malheurs. J'ai survécu avec un appétit vorace. J'ai aimé follement et j'ai été follement aimé. Lorsque l'on évoque mes succès, les grandes affaires que j'ai gagnées, les postes que j'ai occupés, je m'aperçois que rien ne vaut les émotions que j'ai pu ressentir en compagnie des femmes. La seule chose qui me semble digne de souvenirs, dont l'empreinte est inscrite au plus profond de moi et qui me fait encore palpiter, ne se situe pas sur le plan professionnel. Ce que je garde, ce que je chéris et ce que je regrette, ce sont les émotions vécues avec les femmes. Ce qui reste inscrit dans la chaleur de la mémoire, c'est la douceur de leur peau, l'élégance d'une silhouette, un rire éclatant, les courbes d'un corps, les effluves d'un parfum. C'est cela que j'emporte, qui m'a fait frémir et avancer, gravir des montagnes et commettre des folies, qui a donné à ma vie un éclat particulier. Je repense souvent à l'échange que j'ai eu avec le grand homme de presse Pierre Lazareff à la fin de sa vie, et que j'estime d'ailleurs être son véritable testament. Il m'avait dit : « Je regretterai deux choses : les femmes et les voyages. » Il s'était repris : « Non, une chose en fait : les femmes en voyage. »

J'ai toujours été fasciné par les femmes, une obsession que je dois à mon père. Sa maîtresse, la belle Louise, a éveillé très tôt chez moi cette passion. Elle était à la fois féminine, maternelle, physiquement vaporeuse, généreuse. Elle avait tout, la voix, le parfum, la texture de la peau, les vêtements. Quand j'ai rejoint mon père près de Toulouse, j'avais huit ans et je portais déjà des pantalons de golf. À l'époque, les enfants s'habillaient en culottes courtes. J'ai passé un jour ou deux dans un petit hôtel de la ville, avant de rejoindre la maison que mon père avait trouvée. Je me vois encore me demandant si les femmes de chambre me prenaient pour un homme alors qu'à ce moment-là, je ne savais rien des mécanismes de procréation. Mon élan était spontané.

Dans ma conviction personnelle, j'attribue l'arrestation de mon père au fait que je l'ai vu s'intéresser de trop près à la femme du capitaine de gendarmerie de Blagnac, près de Toulouse. Je le revois s'appuyer sur le fauteuil où elle était assise. C'est une illusion de penser que ce geste a provoqué son malheur, je le sais bien.

J'ai commencé ma vie amoureuse assez tard car avant dix-huit ou dix-neuf ans, je n'avais tout simplement aucun endroit où me réfugier. Lorsque j'étais lycéen, quand je préparais mes compositions d'histoire ou de philosophie à Belleville, j'étais comme enragé. Je descendais à pied jusqu'à Strasbourg-Saint-Denis, la nuit, je traînais rue Blondel, rue Sainte-Apolline, je respirais l'air des prostituées qui étaient là et je remontais, toujours à pied, vers Belleville. Je ne sais pas ce que coûtait une prostituée à l'époque, mais ce qui est certain c'est que je n'avais pas de quoi payer.

Si les femmes ont été depuis ma petite enfance une totale préoccupation, le côté collectionneur ne m'a jamais intéressé, le donjuanisme non plus. Ce que j'apprécie, c'est la tendresse, la volupté longue, le sourire, le partage d'une certaine insolence. En même temps, je constate qu'il n'y a rien de plus difficile à décrire que les émotions amoureuses. Il est terrible de se rendre compte qu'une vie entière d'histoires d'amour se résume à deux, trois ou quatre images fortes. Il est difficile de traduire un geste, un moment. Tout ce qui relève de l'amour est partagé avec des millions de gens et en même temps vécu de façon totalement unique par chacun. Raconter « elle était debout en face de moi, j'ai remonté sa jupe qui était très étroite et ça m'a bouleversé » semble ridicule. Pourtant, dans la réalité, cet instant a provoqué une intense émotion.

Il me serait difficile de dire quel est mon genre de femmes. Pour reprendre l'expression de Swann dans la *Recherche*, comme la plupart des hommes, j'ai deux genres : celui auquel j'ai recours et celui sur lequel je fantasme. J'ai essuyé beaucoup d'échecs dans ma vie, il m'est arrivé de montrer, de manière présomptueuse, mon intérêt à quelques beautés qui m'ont regardé de haut.

Je me suis toujours comporté avec les femmes dans le cadre de relations strictement consenties de part et d'autre, allant du flirt à la passion. Lorsque j'ai subi des refus, il ne me serait pas venu à l'idée de m'en offusquer. J'ai eu, en revanche, des excès de passion. En souriant, j'aime dire que je n'ai jamais été violent avec une femme, quand bien même elle me le demandait !

Je ne doute pas que de nombreux hommes aient abusé de leur pouvoir mais je considère qu'il y a eu dans la foulée de MeToo certains excès dans les revendications. Je suis en revanche intraitable avec la notion de consentement et il est abominable de prétendre qu'un enfant puisse consentir à une relation sexuelle avec un adulte. Marie-France Pisier, de laquelle j'étais divorcé depuis longtemps, m'avait parlé de l'inceste commis par le mari de sa sœur sur l'un de ses beaux-fils. Elle était horrifiée par cette histoire. J'ai découvert avec stupéfaction que les incestes étaient plus fréquents que je ne le pensais. Il y a eu à une époque et dans un certain monde une sorte d'alibi, une soi-disant référence culturelle selon laquelle la pédophilie aurait toujours été pratiquée depuis les Grecs anciens. C'est pour moi inaudible.

Lorsque je suis devenu le défenseur des Éditions des femmes, je leur ai été reconnaissant de donner à la sensualité un domaine beaucoup plus large que celui de la stricte sexualité. La sensualité est pour moi essentielle.

La séduction avec une femme, l'impression d'avoir percé un peu son mystère, l'idée folle qu'elle a besoin de vous, il n'y a rien de plus fort. Leur présence est comme un alcool chaud. Elles me mettent à l'aise. Je ne me suis jamais ennuyé avec une femme. Je ne peux pas le dire des hommes que j'ai rencontrés.

Je suis un monument qui mériterait d'être préservé car j'ai vécu presque un siècle et j'appartiens à une génération d'une tout autre époque. Je m'en aperçois lorsque je parle avec mes enfants. Je ne veux pas me fâcher avec eux mais je sens que, si je poursuivais certaines conversations, ils me placeraient définitivement dans la catégorie des vieux réactionnaires alors que je comprends très bien qu'un monde nouveau est né, même si je ne sais pas le décrypter. J'ai tendance à penser que les valeurs des Lumières ont été dépassées dans un univers aux technologies mystérieuses conduit par des hommes politiques pour qui la démocratie est devenue un lointain modèle.

En ce qui concerne la justice, je ne parviens pas à être plus enthousiaste. Jeune avocat, j'estimais que défendre était une attitude noble. J'avais l'espoir de changer la société, mais je crains que ma génération n'y soit pas parvenue. Nous avions une forme de sincérité, nous croyions en nos causes, nous étions engagés en faveur d'un ordre social plus juste, nous voulions défendre les plus pauvres.

J'ai partagé la passion d'Henri Leclerc, qui a essayé de faire vivre ce qu'on appelait « la boutique d'Ornano », un espace où les gens pouvaient entrer et obtenir un conseil de droit. À un moment, sans renier mes valeurs, dès lors que je suis devenu l'avocat d'éditeurs, de réalisateurs, ça a cessé d'être mon quotidien malgré quelques plaidoiries méritantes. Quand on commence à avoir un cabinet de plus en plus important, des secrétaires, du matériel à acheter, des loyers à payer et à être le chef d'une petite entreprise, on devient moins scrupuleux. Il m'est arrivé de dire à mon associé : « Comment avez-vous pu accepter le fils de tel président africain alors que je lui ai dit non il y a deux mois ? » Il me répondait : « Dites-moi Georges, vous faites la trésorerie du cabinet ce mois-ci ? Alors le problème est réglé. »

La justice s'est-elle améliorée, nos combats de jeunesse ont-ils été utiles ? Les prisons sont toujours pleines, elles sont encore des pourrissoirs. Les détentions provisoires restent beaucoup trop nombreuses. Mais il y a eu des avancées : l'abolition de la peine de mort grâce à François Mitterrand et Robert Badinter, la dépénalisation de l'avortement grâce à Gisèle Halimi et Simone Veil. La justice du quotidien a un peu progressé également. Dans ma jeunesse, il y avait encore des présidents de tribunal qui se moquaient des accusés. Aujourd'hui, les magistrats sont plus courtois, plus respectueux même s'ils ne sont pas moins répressifs. Il n'y a pas de justice parfaite, je ne connais pas un pays où les gens soient vraiment satisfaits de leur justice. L'essentiel reste tout de même d'avoir un appareil d'État qui empêche les gens de se sauter à la gorge.

Je suis parfois sévère sur la nouvelle génération d'avocats et en même temps je suis très conscient qu'elle comporte des gens talentueux et généreux comme mon ami Richard Malka, ou les jeunes anonymes du tribunal de Bobigny qui essayent d'aider les immigrés. La solidarité a changé de forme, les combats ne sont plus les mêmes. Je suis très heureux de voir tant de jeunes femmes brillantes émerger dans cette profession si longtemps masculine. Dans mon cabinet il y a toujours eu davantage de collaboratrices que de collaborateurs, mais c'était une exception. Dans le passé, certaines femmes se sont illustrées à la fois par leurs qualités intellectuelles et leur courage physique, comme Gisèle Halimi qui non seulement a plaidé en Algérie dans des conditions où elle mettait sa vie en danger, mais a eu sur certains problèmes sociétaux un poids que les hommes ont rarement eu. Je pense notamment au procès de Bobigny et à son influence sur la dépénalisation de l'avortement. Gisèle Halimi est l'un des cas les plus exemplaires de réussite féminine pendant cette époque réservée aux hommes. Elle était perçue comme ce qu'elle était : une femme exceptionnelle, et une exception.

Aujourd'hui, le barreau comporte autant de femmes que d'hommes et certaines d'entre elles sont à la fois remarquées et remarquables. On peut ainsi citer, entre autres, Jacqueline Laffont, Frédérique Baulieu, Marie

Dosé, Julia Minkowski, Constance Debré, Élise Arfi ou Laure Heinich. La faculté de raisonnement des femmes est évidemment égale voire supérieure à celle des hommes, et plus précise. Elles sont à présent reconnues dans tous les domaines, pas seulement dans le domaine pénal où elles ont joué longtemps les petites mains, mais aussi sur des sujets plus techniques, comme le droit financier, le droit social, le droit des entreprises.

De même que, selon Stendhal, le roman serait un miroir promené le long d'un chemin, il serait étonnant qu'un avocat ne porte pas sur lui les traces de ceux qu'il a défendus. Mais avoir plaidé pour Montherlant, Genet, Ionesco ou Michel Foucault ne fait pas de vous un écrivain ou un philosophe. Avoir plaidé pour Truffaut, Godard ou Costa-Gavras ne fait pas de vous un cinéaste. Être l'avocat de François Mitterrand ou de Jacques Chirac ne vous destine pas à être président de la République, de même qu'avoir été celui de Pierre Goldman ne vous transforme pas en braqueur révolutionnaire. Pas davantage, vous ne pouvez imaginer avoir influencé de façon durable celui que vous avez conseillé et défendu. Il reste qu'un avocat qui se respecte ne peut se mettre au service de causes qui blessent profondément ce qui pour lui est essentiel : la protection d'un enfant, la mémoire d'un mort. Chacun a son jardin secret. Un défenseur met au service de son client tout ce qu'il est lui-même, tout ce qu'il est devenu au long de son existence. Si j'avais quelque légitimité à conseiller une jeune consœur ou un jeune confrère, je leur dirais : avant toute chose vivez, car vos plaidoiries seront l'expression de votre existence et non l'application d'une règle rhétorique. Il ne s'agit pas d'imiter, mais, par votre expérience, de vous mettre en position de comprendre. La sincérité est à ce prix. Ne cessez jamais de croire en des causes justes et gardez la passion intacte le plus longtemps possible, car je le sais aujourd'hui : même les héros sont parfois fatigués.

Cet ouvrage a été imprimé
par CPI Brodard & Taupin
pour le compte des éditions Grasset
à La Flèche (Sarthe)
en octobre 2021

Mise en pages Nord Compo à Villeneuve-d'Ascq

PAPIER À BASE DE
FIBRES CERTIFIÉES

Grasset s'engage pour
l'environnement en réduisant
l'empreinte carbone de ses livres.
Celle de cet exemplaire est de :
650 g éq. CO_2
Rendez-vous sur
www.grasset-durable.fr

N° d'édition : 22233 – N° d'impression : 3045499
Dépôt légal : novembre 2021
Imprimé en France